L'Étranglée

Le Voleur d'âmes

Mémoire faussement esclave

Attraction terrestre

L'Ours

L'Hermine noire

Publié avec le concours de la
Fondation d'entreprise La Poste

www.editions-heloisedormesson.com

ISBN 978-2-35087-152-3

Prix Clara 2010
Nouvelles d'ados

Éditions Héloïse d'Ormesson

Sommaire

JULIETTE
BEAU

L'Étranglée

Je suis née il y a dix-sept ans en banlieue parisienne dans une famille où l’on aime beaucoup lire (le seul rétif aux livres étant le chien, qui les dévore, au sens strict du terme). C’est donc par la lecture que je suis venue à l’écriture. Edith Wharton, Virginia Woolf, François Mauriac, Victor Hugo, Gide, Camus sont mes auteurs préférés du moment. Derniers coups de cœur : Manhattan Transfer *de Dos Passos,* Cent ans de solitude *de Gabriel García Márquez et* Le Premier Homme *de Camus. Mais le livre qui m’a le plus marquée reste* Les Misérables *de Victor Hugo. C’est ce dernier qui m’a donné envie d’écrire vers l’âge de dix ans pour fixer mes pensées (ce qui est une assez bonne excuse pour être constamment dans la lune) et ce qui me tient particulièrement à cœur – dont la condition de la femme –, ce qui m’a inspiré* L’Étranglée. *J’écris des ébauches de romans, des nouvelles et parfois des poèmes et des contes dans un carnet qui ne me quitte jamais et sur mon ordinateur, de préférence dans les transports en commun (recette imparable pour rater son arrêt), au CDI et surtout la nuit en écoutant en boucle l’*Adagio assai *de Ravel. C’est ce que je voudrais le plus – avec la lecture –, et je souhaiterais en faire mon métier.*

Para mi querida abuela Clara,
como le había prometido.

Je suis un corps étranger. Depuis bien longtemps déjà, silhouette ondulante parmi les chemins sinueux, je marche dans la nuit du monde.

Nuit du monde où mes semblables et moi errons sans fin. Nuit universelle où nous nous perdons, aveugles, malgré nos yeux grands ouverts… Nos frères ne nous ont-ils pas dit que la lumière de notre foi nous guidait ? Nuit du monde, nuit de peur, où les autres sont ennemis.

Qu'importe leur apparence, qu'importe si comme eux je respire, si comme eux j'ai un cœur, si comme eux je souffre, je ne suis pas faite de la même étoffe.

Les autres ? Ce sont tous les hommes : ces démons, ces impies qui cherchent à me nuire.

Mon mari m'en a avertie.

Et pour me protéger il m'a mis cette protection de soie, qui me sauve des dangers extérieurs, fait ricocher les regards impurs, me préserve de tout péché. Il m'a couverte de la tête aux pieds, je ne suis plus qu'une apparition sombre et mouvante. Mais qu'importe. Elle est le linceul de ma beauté, garante de ma pureté.

Pure, l'enfant que j'étais, qui hier encore courait sur le sable brûlant de ses dix ans. Elle courait après les sirlis dorés. Mais les sirlis couleur de sable sont malades. Désormais, lorsque j'approche, ils s'envolent en rang désordonné comme lorsque le ciel se couvre. Et je ne peux plus de mes petits pieds agiles d'enfant les rattraper, les rattraper ces chères silhouettes, ces chers oiseaux, ces alouettes du désert de mon enfance légère et échevelée. Enfance qui courait pieds nus dans le sable, à demi vêtue dans le soir coloré et délicieusement frais, tandis que ma mère m'appelait de sa timide tendresse, voix effarée et douce, voix qui jamais ne s'élevait, voix qui souvent se taisait.

Enfance qui ne se préoccupait pas des présences noires et silencieuses bruissant tout autour d'elle. Lorsque petite, je demandais à Maman pourquoi elle ne pouvait pas montrer son visage à mes oncles, mon père, qui jamais ne la laissait seule, disait qu'elle était pécheresse et que si elle se découvrait, elle pécherait encore.

Je ne comprenais pas et je ne cherchais pas à comprendre. Seules m'intéressaient mes courses pailletées dans le désert. Mais maintenant je sais. Je sais ce que je suis et ce que l'homme me veut. Je sais ce que je comporte de dangers pour ceux qui me voient, je connais le démon qu'emprisonne la forteresse plissée. Il a le visage de cet enfant dormant dans les bras de sa mère impure qui sourit à un homme auquel elle n'appartient pas. Il est en cette jeune fille, assise sur les genoux d'un autre homme, le corps dénudé. Tous, eux et moi, proies du mal, couvons un feu sacrilège.

Je suis venue chez ces autres, moi l'étrangère, la déracinée, coupée de mes sirlis et de la chaleur de mon enfance. Et de leur terre d'abondante arrogance, ils ne m'ont offert que les hauteurs arides. Je suis passée de l'autre côté de l'horizon, arrachée à la misérable splendeur de mon pays pour vivre à la verticale dans ce paysage gris qu'ils appellent la ville.

Je ne sais plus pourquoi je suis partie pour cet endroit de malheur, je ne sais plus pourquoi, alors que j'étais tellement moi, j'ai ressenti le besoin d'être quelqu'un d'autre et de posséder plus, toujours plus. J'étais riche, immensément riche de la beauté de ce qui m'entourait, riche de la saveur des fruits de chez moi, j'étais riche de mon corps, du vent, de la terre, de tous les éléments. J'étais gardienne du trésor le plus précieux : le sourire de ma mère. Il était à moi, rien que pour moi, je le caressais du bout de mes doigts lorsque rentrant à la maison elle avait de nouveau un visage.

De son silencieux amour de tissu, j'étais gardienne. J'étais riche et je ne le savais pas.

Je suis venue chez eux et il m'a semblé que mes désirs et mes rêves se perdaient dans les égouts de la ville triste, leur ville déchet d'espoir. Du temps même où j'offrais sans pudeur mon visage à leur monde avide, je ne fus jamais qu'une anonyme, abandonnée de tous.

Alors que là d'où je viens, j'étais quelqu'un.

J'étais la fille, la nièce, la petite fille, la chérie qu'on gâtait en cachette, l'enfant d'amis dont on caressait la tête en passant. Tous me connaissaient, je savais les noms et surnoms de tous les vieillards qui me prenaient sur leurs genoux, rajustant mon foulard sévèrement mais déposant à la dérobée de nombreux et râpeux baisers sur mes joues tannées par le soleil.

Ici, il n'y eut personne pour m'aimer.

Personne pour admirer ma peau, écouter le son de ma voix, me parler, me rêver et m'embrasser. Indifférence partout parmi ce peuple de la chance dont l'estomac ne hurle pas, qui ne scrute pas le ciel pour que l'eau tombe, qui chaque soir s'endort dans la chaleur tranquille et rassurante de la richesse. Lui ne connaît pas la peine de l'oiseau migrateur, la terrible dislocation du déraciné, il n'est pas orphelin de son monde, ses racines ne sont pas malades de l'exil. Il n'a pas à combler les espoirs fous, les rêves naïfs et éperdus de mères dans la misère… Des années chez eux de solitude bétonnée. Ma seule amie fut le regard triste de mes compagnons d'infortune dans les rues, ces cœurs d'exilés asséchés, revenus aujourd'hui de leurs mirages. Tellement avides autrefois de ce monde illusoire qu'immortalisaient de vieilles cassettes de séries télévisées… Où est-elle, maintenant, cette jeune fille blonde de la télé, cette Européenne aux lèvres si parfaites qui ne travaillait pas et occupait tout son temps à être courtisée par un beau jeune homme brun, puis par un blond, un roux puis par le brun encore qui l'emmenait se promener dans sa belle voiture au clair de lune et lui achetait le monde rien qu'avec sa carte, petit rectangle de métal ordinaire qu'il sortait tel un magicien ? Comme tout le reste, c'était un mirage. Maintenant encore, ils allument leur télévision, mornes spectateurs en attente d'un nouveau morceau de rêve à grignoter pour tromper l'ennui. Entre eux et les biens inaccessibles de ce monde, il y a l'écran.

Infranchissable.

Moi désormais, je ne rêve plus de leur monde dégénéré, je ne veux plus contempler l'actrice blonde dépravée, ni espérer un infime morceau de cette richesse souillée. Je ne veux plus me pencher, me courber, m'abaisser à nettoyer leurs meubles lubriques de possédants obscènes.

C'est fini.

C'est fini parce qu'une nuit ceux qui savent m'ont trouvée sur un trottoir, exsangue, et m'ont sauvée. Ils m'ont sauvée de ma solitude, de mon désir secret de corruption, des excuses que je trouvais à mes compagnons d'infortune, comme moi dans l'erreur, perdus aujourd'hui encore et qui toujours le seront tant qu'ils ne protégeront pas leurs femmes et leurs filles. Je me suis réveillée sous le regard sévère de sages et les mots qui sont sortis de ces augustes bouches barbues m'ont secouée de ce péché volontaire où je sombrais, hypnotisée. Car tout était de ma faute. De ma faute si j'ai été si longtemps malheureuse, de ma faute si j'étais seule, de ma faute si dans l'obscurité de cette rue où ils m'ont ramassée, j'ai failli être la proie d'un corps avide. Tout était de ma faute car avant de venir me perdre ici, de l'autre côté de la mer, je n'ai pas laissé mon père décider de mon sort comme il en avait le droit, j'ai refusé d'être mariée à un homme plus vieux et plus sage que moi, j'ai refusé le sort que le ciel m'avait attribué. Tout était de ma faute car je n'ai pas voulu reconnaître que j'attisais sciemment le désir, que je le provoquais à dessein, immorale que j'étais. J'ai voulu être libre alors que ce n'était pas à moi de décider, ce n'était pas à moi de vouloir. Je ne peux exister qu'à travers l'un de mes frères ou mon mari. « C'est normal ma sœur que l'on t'ait désirée, tu l'as fait exprès, ton visage et tes cheveux, tout ton corps sont un manque de respect envers l'humanité, une incitation à la débauche. » « Ma sœur », avec quelle douceur ce mot d'humanité m'a touché le cœur, « ma sœur », « ma sœur »…

Pour ces mots de fraternité, ce sentiment d'appartenance à un groupe humain, j'aurais tout fait, tout consenti.

J'ai écouté la voix de mes frères, la voix de la raison et de la vérité, celle qui ne souffre pas de contestation car il est impie de chercher à contredire, de ne pas accepter comme signe évident du ciel leur parole, et ils n'ont pas à nous démontrer leur légitimité, il suffit qu'ils parlent et elle s'impose d'elle-même. Et je suis devenue la femme d'un homme. Afin de rester pure pour lui, de me préserver des intentions sournoises des autres, j'ai accepté qu'il me cache sous cette toile noire.

Mais maintenant, je marche dans la nuit du monde et je suis un corps étranger. J'ai voulu oublier, j'ai laissé mes pensées fluctuer et se dérouler comme les flots sur le rivage, mais j'en reviens à cette peur qui m'étreint, qui me traque jusque sous l'ondoiement de ma carapace. J'ai peur malgré mon armure intégrale, malgré ce que m'a répété mon mari ces deux dernières années, malgré les cinq hivers sur cette terre grise qui auraient dû me blaser, malgré mes vingt printemps, j'ai peur comme un nouveau-né.

Car hier je suis partie, j'ai laissé derrière moi la ville et mon mari, je suis partie sans rien, j'ai fui. Pendant nos deux années de mariage, j'ai essayé de l'aimer, de l'adorer, de le glorifier comme je le devais. J'ai essayé durant ces nuits pendant lesquelles il dormait à mes côtés, corps massif et rugueux, de ressentir de la tendresse pour ces mains à plat sur l'oreiller avec lesquelles il me violentait dans ses accès de rage puisque je suis femme et qu'il est homme, d'admirer son torse velu qu'il plaquait contre le mien même quand je ne le voulais pas. J'ai essayé de passer mes doigts sur le contour de sa bouche pour y lire son amour ou le réveiller. Mais rien. Pas d'amour, pas de sécurité dans la cage du lion, pas de pureté puisqu'il me souillait à chaque instant. Ces journées à rester seule à l'intérieur, prisonnière de son mécontentement, à chercher des raisons, à tourner, tourner, tourner encore, tourner toujours dans ma pauvre tête la clarté de mes jours d'enfance pour en extraire ma faute. Les jours s'écoulaient dans la douleur et s'y finissaient, j'étais son esclave, sa chose et dans ma souffrance je cherchais à m'abaisser jusqu'à terre, à faire corps avec le sol, m'abaisser pour qu'il me relève puisqu'il devait être mon protecteur, le seigneur qui devait me guider jusqu'à la lumière pour ne plus tenter le démon, pour pouvoir vivre en toute insouciance, vivre enfin comme avant. Mais rien, pas de pitié, pas de geste de pardon, pas de geste pour m'aider.

Avant-hier, je me suis coupée devant lui pour qu'il panse mes blessures, qu'il me dise que je me sauverais autrement. Et il m'a regardée m'humilier, il m'a regardée me frapper, il m'a regardée me mutiler pour que ça n'attire plus personne, que les corps et les visages se détournent de moi, que tout cesse, que j'arrête d'être une femme puisque c'est mal, puisque j'incite les autres au mal. Et dans son regard je ne voyais rien, rien. Je ne suis rien, je ne suis qu'un corps à prendre, qu'une souffrance à faire durer. Allongée sur le sol, épuisée, malade de dégoût de moi et de lui, j'ai mouillé la surface dure de mes pleurs, hurlant à même le sol. Mais personne pour m'entendre, je hurlais pour les sourds, je frappais le vide, je m'agitais pour les aveugles.

Et hier, je me suis réveillée seule à l'intérieur de ma cage ménagère, seule avec le lit défait, les déchets et les restes de la nourriture du matin, seule avec ces leurres de vie déliquescente, la même que mes voisines vivant à la verticale.

Alors je suis partie dans mon enveloppe de tissu, semant les tours et la ville, semant le monde des hommes, revêtue de ma nuit, ma seule garante, la seule aide qui m'a été accordée. Mais j'ai beau être partie, j'ai beau errer à travers les ajoncs, accompagnée des lamentations de leurs oiseaux d'océan et du raclement de l'eau verte qui mord les rochers, j'ai beau avancer, ce qu'on m'a dit me poursuit. Il y a des moments où, comme tout à l'heure, je ressasse ce que l'on m'a répété si souvent en retrouvant la conviction lyrique qui m'a habitée pendant deux ans.

Les autres sont ennemis.

Je suis couveuse de mal.

La lumière de nos croyances nous guide.

Mon mari m'a dit…

Et de nouveau les souvenirs dégorgent de ma tête trop pleine. Je retourne sur mes chemins parcourus, déjà si usés, ces chemins de douceur et de douleur, je me retourne en avançant, avançant vers je ne sais quoi et je ne sais où. Cela fait des heures que je marche, j'ai dormi confiante sous un porche. Et maintenant je tremble de peur comme ces ajoncs sous le vent.

Je ne sais plus. Je ne sais plus rien. Suis-je impure ou pure ? Et les autres ? Les autres qui s'écartent quand je passe, les lâches qui détournent la tête pour ne pas voir, ceux qui me fixent comme cette jeune fille brune et myope qui promène son chien et fronce les sourcils. Est-elle pure celle-là faisant un pas de côté, serrée dans les bras d'un jeune chevelu qui l'emmène loin de moi ? Est-ce que j'incite à la débauche ce garçonnet qui observe ce qu'on peut apercevoir de moi avec curiosité ? « Je peux jouer à cache-cache avec toi, dis ? »

Je le regarde et puis soudain, dans un débordement de tendresse, j'essaie de le serrer contre moi. Non, toi tu ne veux de mal à personne, petit bourgeon d'humanité, ce n'est pas possible que plus tard toi aussi tu m'agresses parce que mes cheveux flottent dans le vent. Il n'y comprend rien, se dégage et fuit se réfugier dans les bras de sa mère. Il a peur. Je fais peur.

Le long de ma route ondoyante on continue de s'écarter en baissant la voix. Je voudrais qu'ils hurlent, qu'ils crient leur vérité, je voudrais qu'ils cherchent à savoir, à comprendre au lieu de fuir comme je les fuis grâce à ma prison ambulante. Oui, une prison, prison qui m'empêche de tendre mes mains de suppliante, de gisante apeurée, vers ceux qui me ressemblent. Car maintenant il importe qu'ils souffrent comme moi, je veux partager la coupe amère, je veux la fraternité, la tendre chaleur d'une consolation humaine.

Mais ils ne peuvent pas me voir et ma voix s'en est allée dans les profondeurs, elle a si peu servi. Et j'ai oublié que je ne devais pas les approcher, j'ai oublié que je suis un aimant de corruption. Mais pourquoi moi et pas les hommes ? Pourquoi dois-je renoncer à toute vie ? Pourquoi ne se mettent-ils un bandeau pour ne pas me voir, pourquoi n'enferment-ils leurs membres pour les empêcher de nuire ? Jamais je n'ai cédé à l'impulsion de mon corps, jamais je n'ai osé poser ma main sur un homme. Il est impur de se toucher. Était-elle impure ma mère lorsqu'elle me laissait me glisser sous son voile pour frotter son nez silencieusement contre le mien ? Sont-ils impurs ce garçon et cette fille, assis l'un contre l'autre, lèvres jointes et membres noués ? Suis-je impure de vouloir être heureuse ?

Je n'ai rien fait que vouloir aimer le monde, rien fait d'autre que vouloir courir dans le vent, serrer une main amie, rien d'autre que vouloir l'amour. Je n'ai rien désiré d'autre que vivre, goûter la saveur de chaque chose, savourer la beauté de chaque instant. Je ne suis qu'un cœur de petite fille qui voudrait s'envoler, se libérer de ses chaînes de tissus.

On m'a menti. On m'a menti. On a utilisé ma solitude, on m'a montée contre mes semblables, on m'a fait peur pour m'asservir, on m'a traitée d'inférieure pour m'empêcher d'être libre de voir ce qu'il y a de méprisable chez ceux qui m'appelaient « ma sœur ».

Ils ne sont pas mes frères. Je ne suis pas leur sœur. Je suis un être humain.

Passant arrête-toi. Plus de grands mots. Simplement, arrête-toi. J'enlève ma prison de toile, je la lance à la mer. Elle n'est plus qu'un dérisoire bout de tissu s'enfonçant à demi dans les flots. On dirait une voile de bateau, elle aussi elle est libre. J'ai de nouveau une bouche, des lèvres, des yeux, un buste, des jambes et des bras, des mains et des pieds, des oreilles qui entendent mieux le vent ami, des narines qui aspirent l'odeur du large. J'ai le visage de l'étranglée mais c'est fini car j'ai de nouveau de l'air.

Passant, regarde-moi…

Coralie
Estrabols

Le Voleur d'âmes

J'ai toujours eu une passion secrète pour l'écriture. Je suis une mordue de livres, j'y passe tout mon temps libre et dévore littéralement les romans de Scott Westerfeld, de Gemma Malley, d'Anna Godbersen, de Michael Grant, de Maxime Chattam ou encore de Meg Cabot ! Ce sont ces auteurs qui m'ont donné envie d'écrire à mon tour, je me suis lancée dans un roman il y a deux ans et je n'ai plus jamais lâché ma plume !
Sinon moi, c'est Coralie mais tout le monde m'appelle Coco ou Cora. J'ai quinze ans et une sœur jumelle (une vraie de vraie) qui lit en cachette tous mes écrits ! J'ai un faible pour tout ce qui est vintage et orange, une peur phobique des papillons et un irrésistible besoin de sourire à tout le monde. Quand je ne suis pas en train d'écrire, j'aime faire du ski (normal puisque j'habite à Grenoble), du shopping (je suis aussi passionnée de mode) et du patin à roulettes (ça c'est vintage !). Je suis d'ailleurs toujours à la recherche d'une bonne âme qui m'apprendrait à en faire !
Et en parlant d'âmes, vous êtes-vous déjà demandé ce qui se passerait si le voleur d'âmes existait ?

JE SUIVAIS LA JEUNE FILLE depuis quelques heures déjà, guettant le moment où elle serait enfin seule. Malgré son physique banal, elle dégageait une aura peu commune, inexplicable. Ses baskets neuves la faisaient souffrir, ralentissant sa démarche. Son corps vibra, une émotion, sans doute. Je me léchai les lèvres :

– Je t'aurai ma belle...

Elle traversa la route et tourna dans une petite ruelle. Je la suivis en ricanant, voilà qu'elle me facilitait la tâche. La rue dans laquelle elle s'était engouffrée était sinistre, l'eau qui ruisselait des gouttières formait des flaques aux endroits où le revêtement du sol se fissurait, des poubelles renversées gisaient éparpillées un peu partout, des rats se faufilaient entre les ordures, les yeux brillants. L'obscurité n'arrangeait rien. J'accélérai le pas, elle m'attendait, assise simplement contre un mur :

– Pourquoi tu me suis ?

Insolente question ! Moi, j'aime la routine, les filles sans histoires...

– Tu sais que tu es plutôt mignonne, mentis-je avec un sourire enjôleur, on pourrait peut-être...

– Qu'est-ce que tu veux ? insista-t-elle en haussant la voix.

Elle se leva brusquement et me projeta de toutes ses forces contre le mur. Mon corps heurta les briques rouges avec un bruit sourd. Je l'envoyai s'écraser plus loin. Elle tomba dans un grand fracas de métal contre un vieux couvercle de poubelle.

– Parle-moi avec plus de respect, lui crachai-je au visage, ne t'avise pas de faire le moindre geste ou tu risques de le regretter amèrement...

Son regard transpirait la peur…

– Je suis un voleur d'âmes, susurrai-je en la jetant au sol, je traque les jeunes filles dans le but de les séduire et de...

– Viens-en au fait ! s'égosilla-t-elle malgré ses blessures.

Elle avait encore osé m'interrompre ! Boitant, elle se releva et se planta face à moi avec un air de défi :

– Arrête d'inventer des histoires invraisemblables, je ne te crois pas.

Cette fois, j'eus envie de me précipiter sur cette insignifiante jeune fille et de la tuer. Les autres succombaient à mes charmes dès les premières secondes, ma beauté suffisait, j'économisais mon énergie. Cette misérable humaine allait le payer cher.

– Tu as beau essayer de paraître la plus forte, tu ne l'es pas du tout, ton petit jeu ne marchera pas avec moi. Je suis un voleur d'âmes, repris-je de ma voix la plus orgueilleuse, je vole vos âmes depuis des siècles et grâce à cela j'augmente sans cesse mes pouvoirs. Il se trouve que je veux ton âme...

– Je ne te crois pas, répéta-t-elle avec difficulté en essuyant le sang au coin de sa bouche.

Effectuant des cercles autour d'elle tel un prédateur, je claquai des doigts. Elle s'effondra sur le sol en étouffant.

– Convaincue ?

Elle hocha faiblement la tête. J'éclatai de rire et la plaquai contre le mur. Son âme allait me conférer une énergie considérable, je rêvais depuis plus d'un demi-siècle de croiser une femme de cette trempe et même si tout ne se passait pas exactement comme je l'avais prévu, je savourais d'avance son âme. Il suffisait d'un baiser pour la lui prendre. Ensuite, elle agoniserait peu à peu.

– Tu vas mourir, Anna... chuchotai-je de ma voix la plus douce.

– Mon âme... je te la donne, sanglota-t-elle, prends-la.

Personne ne m'avait jamais donné son âme ! Peut-être essayait-elle de me culpabiliser ? Pas question de l'accepter ! Cette seule pensée me dégoûtait, j'étais un voleur et fier de l'être. Je volais, je ne recevais pas de cadeau.

J'approchai mes lèvres des siennes. Je tressaillis au contact de ses joues : elle pleurait. Anna pleurait mais ses yeux souriaient comme si elle était contente d'en finir avec la vie. Ses pieds décollèrent du sol. Je la maintins en lévitation pour la placer à la hauteur de mon visage et posai mes lèvres sur les siennes. Elle eut un soubresaut. Une lumière blanche s'échappa de sa bouche et m'illumina un court instant. Une merveilleuse chaleur m'envahit… me régénérant… enfin je l'avais ! Je n'avais aucun scrupule, je me sentais vivant et de plus en fort, et tant pis si la vie d'innocentes jeunes femmes en dépendait.

Elle s'écroula, suffocante.

– Merci pour ton âme, murmurai-je d'une voix mielleuse, tu ne peux pas savoir ce que...

– C'est moi... qui te... remercie…

Elle gémissait au sol.

Cette fille devait avoir un sérieux problème pour me remercier de lui voler son âme et de lui ôter la vie ! J'adorais assister à leurs derniers instants mais la voir mourir sous mes yeux me fut tout à coup pénible. Je touchai sa nuque du bout des doigts : une décharge électrique la parcourut. Elle esquissa un pauvre sourire avant de mourir. Avec une âme comme la sienne, j'allais devenir très puissant, terriblement puissant et seul cela comptait. Son pâle visage était vraiment cadavérique, maintenant. Je cachai son corps sous une planche et m'enfuis, luttant pour ne pas revenir sur mes pas, complètement déboussolé. Pourquoi la mort de cette fille m'affectait-elle autant ? J'en avais tué des centaines sans jamais avoir éprouvé le moindre remords, alors pourquoi étais-je... triste ? Un sentiment inconnu, le seul mot pourtant qui me venait à l'esprit. Mes pouvoirs, mon aura toute neuve auraient dû m'enivrer alors que je ne cessais de penser à elle, à Anna. Et voilà même que je l'appelais par son prénom…

Je sautai du toit et atterris dans un vieux hangar, celui qui me servait provisoirement d'abri. Parcourant le monde en quête d'âmes à voler, je reste rarement plus de deux jours dans une même ville et m'installe souvent dans des entrepôts, de préférence lugubres. J'ai juste besoin d'un endroit pour mes affaires, je ne dors pas, mon espèce n'en a pas besoin, contrairement aux humains.

Une créature des ténèbres, un voleur d'âmes, voilà ce que je suis ! D'essence surnaturelle, un meurtrier pour sûr. Personne ne connaît mon existence et cela me convient à merveille. La solitude ne me dérange pas, elle est tellement préférable à ce que vivent tous ces gens qui ne peuvent se passer les uns des autres…

La vieille bâtisse poussiéreuse tenait à peine debout. Partout, les vitres cassées laissaient passer des courants d'air. Je resserrai ma veste en cuir, envoyai valser mes chaussures dans un coin. D'un claquement de doigts, je fis surgir une cheminée dont jaillirent des étincelles. Je me blottis dans le fauteuil en fixant les flammes aux reflets rouge et or. Je les fis virer au bleu par la seule force de mon regard et goûtai la chaleur qui montait en moi. Des éclairs déchirèrent le ciel, les murs tremblèrent. Je jouissais de mes pouvoirs tout neufs.

L'âme d'Anna était magnifique.

– Cette fille ne mérite pas que je pense à elle, songeai-je à voix haute. Après tout, ce n'est qu'une humaine comme les autres.

« Mon âme a quand même l'air de te plaire... »

Une rafale d'ondes agressives accueillit cet étrange propos. Qui avait parlé ? J'analysai les alentours sans rien trouver d'anormal et me rassis prudemment.

La nuit tomba, j'en profitai pour sortir. En repassant devant une ruelle, Anna me revint à l'esprit. Il pleuvait et imaginer son corps baignant dans une flaque d'eau sale me fit frémir.

Le sort de mes victimes ne m'avait jamais préoccupé auparavant, encore moins ce qui advient de leurs corps. Ils pouvaient bien se décomposer dans un coin ou flotter à la surface d'une rivière polluée, je m'en moquais. J'avais leurs âmes. Mes pas me ramenèrent malgré moi jusqu'au hangar. Dix mètres plus loin, la foudre s'abattit, ma joie électrisait l'air, je n'avais jamais éprouvé un tel sentiment de toute-puissance. La vue de son bras pâle dépassant de la planche dont je l'avais recouverte me dégrisa en quelques secondes. Je la pulvérisai, des échardes de bois se plantèrent dans ma peau et l'une d'elles sur son visage. Je me précipitai pour la retirer de sa joue délicate...

Délicate ?

Je fis gronder à nouveau le tonnerre au-dessus de ma tête. Le ciel semblait s'accorder à mes humeurs, mes pouvoirs étaient fantastiques.

– Tu n'es pas délicate, dis-je au corps sans vie.

J'examinai son visage, disposai en auréole ses cheveux autour de sa tête. Elle aurait presque pu être belle.

– Ne rêve pas Anna, les anges ont des âmes, ce que tu n'as plus.

J'éclatai de rire en l'imaginant avec des ailes dans le dos et une aura dorée, puis touchai ses épaules. Faire disparaître son corps allait peut-être me libérer, j'arrêterais de penser à elle ! Une mèche était retombée sur ses yeux clos, je l'écartai et installai ses mains glacées sur son cœur en pouffant. Les humains croient qu'on ne peut vivre sans lui alors que c'est sans âme qu'on ne peut vivre... Le cœur ? Il est vraiment ridicule de lui accorder la dimension symbolique de l'amour, c'était avec son âme qu'on aime, pas avec son cœur ! Ceci dit, l'amour m'est inconnu et je ne me permets pas de les juger trop sévèrement. De toute façon, les hommes sont des imbéciles arrogants et ignorants, persuadés que le surnaturel n'est qu'une farce inventée par des bougres superstitieux du Moyen Âge. Je soulevai Anna dans mes bras. Que faire ? La jeter d'un toit dans l'océan à quelques centaines de kilomètres de là ou la pulvériser comme la planche ? L'idée de la mettre en pièces me fut insupportable, je transportai donc son corps étonnamment frêle jusqu'au hangar et le déposai sur une vieille couverture. Anna n'était pas tachée de sang : voler les âmes ne laisse aucune trace. Impossible, si on la retrouvait, de deviner la cause de son décès.

« J'espère au moins que tu ne le laisseras pas pourrir ici ! »

Par réflexe, je libérai des éclairs qui firent tomber une partie du toit. Cette fois, j'avais réellement entendu une voix !

– Montre-toi ! vociférai-je en tournant sur moi-même.

« Tu sembles nerveux, comme si tu t'attendais à... »

– Je ne suis pas nerveux et je vais déclencher un ouragan si tu ne te montres pas !

D'un claquement de mes doigts, le toit se recomposa. Le feu qui s'était déclaré s'éteignit, la fumée se dispersa. Tout semblait rentrer dans l'ordre. Dehors, un orage grondait, la pluie tambourinait sur les vitres. Je n'allais pas laisser tomber, quelqu'un m'espionnait et quelles que soient ses intentions, il allait en payer le prix.

– Il n'y a que les lâches qui se cachent !

« J'assume ma lâcheté. »

– C'est que tu es faible alors, ricanai-je.

« Je sais. »

Ces tonalités légèrement aiguës m'étaient familières, je les avais entendues l'après-midi même !

– Anna ?

Elle seule pouvait continuer à me tenir tête. Pourtant, je lui avais volé son âme et elle était morte. Son cadavre me le confirmait.

« Mais les âmes sont éternelles. »

Sa voix résonnait dans ma tête.

– Pas quand je les vole, misérable humaine ! Une âme volée perd sa mémoire au moment où je la capture. Seule demeure sa lumière, expliquai-je d'un air méprisant. Je savais que tu allais me poser des problèmes !

Anna était morte ! Je volai jusqu'à son corps et l'examinai, sa peau pâle faisait ressortir ses yeux bruns, encore ouverts, je les refermai doucement en les… caressant presque, puis, surpris de mon geste, défonçai de mes poings le mur en béton.

Je me répugnais, Anna me répugnait. Ce n'était que mon imagination qui me jouait des tours.

C'est alors qu'un énorme flash m'éblouit et me téléporta dans un espace lumineux inconnu, une rue apparemment. Il faisait jour. Je ne connaissais pas l'endroit. Comment pouvais-je apparaître en plein milieu d'une ville alors que quelques secondes auparavant, j'étais dans mon hangar ? Les couleurs se ternirent. Tout devint gris autour de moi, il y avait une sorte de matière un peu floue, comme dans un souvenir, sauf que de ce souvenir je n'avais aucun souvenir…

Je claquai des doigts. Les couleurs revinrent laborieusement, mes pouvoirs opéraient moins bien. J'étais au beau milieu d'un carrefour et les véhicules me passaient au travers du corps comme si j'étais transparent, comme si je n'existais pas.

Un journal virevolta à mes pieds. La date indiquait le 3 juin 2005. Cinq années plus tôt dans le passé !

« Je suis désolé, je ne contrôle pas ce qui arrive. Ferme les yeux s'il te plaît... »

Le passé d'Anna!

Gardant exprès mes yeux grands ouverts, j'observai le flot des voitures et tentai sans succès de faire un pas. J'étais soudé au sol.

– Que s'est-il passé de si terrible pour que tu réagisses de cette façon?

« Ferme les yeux! » ordonna-t-elle sèchement.

Je n'obéis pas. Une grosse Mercedes noire fonça droit sur moi. La voiture me passa au travers et continua sa course dans un crissement de pneus avant de griller un feu de circulation. La présence d'une vétuste automobile rouge m'alerta. Plusieurs personnes se trouvaient à l'intérieur. Un homme dont les cheveux commençaient à grisonner la conduisait en riant, sa femme arrangeait sa coiffure le sourire aux lèvres, trois enfants étaient assis à l'arrière, dont deux âgés d'une dizaine d'années, endormis.

« Arrête, s'il te plaît! »

Des écouteurs dans les oreilles, une jeune fille légèrement plus âgée qu'eux regardait par la vitre. Je reconnus Anna.

« Ne regarde pas... »

Elle me suppliait presque.

Le choc fut terrible. La voiture familiale se renversa et s'écrasa contre une moto dont le jeune conducteur fut éjecté et percuta le pare-brise d'un camion. Ce dernier perdit le contrôle et roula sur le trottoir. Une femme avec poussette ne réussit pas à l'éviter… La Mercedes fit une embardée et se retourna sur elle-même avant de s'encastrer dans le camion et... Je me détournai. Puis mon regard fut attiré à nouveau par la voiture rouge, immobile sur la chaussée, la carrosserie défoncée. Des corps que je devinai sans vie gisaient sur le goudron, certains membres étaient désarticulés. Au beau milieu, la petite Anna, tout simplement allongée entre les morts et les flaques de sang, pleurait silencieusement, les bras couverts d'égratignures.

« Retourne-toi! »

Anna, la jeune fille que je venais de tuer et dont j'avais dérobé l'âme, était là, devant moi. Elle m'observait sans un mot, des larmes inondant ses joues. Aussi pâle que la mort. Normal, après tout, puisqu'elle l'était. Elle donnait le sentiment d'être davantage déboussolée que morte.

« Je t'avait dit de ne pas regarder! »

Ses lèvres ne bougeaient pas. Je captais ses pensées, contemplant de nouveau la scène de l'accident. Cette petite fille qu'elle avait été autrefois… Quinze personnes au moins avaient péri. Anna était la seule survivante.

– Pourquoi tu me montres tout ça?

« Je viens de te le dire, je ne contrôle pas ce qui est en train de se passer! »

– Ils sont tous morts, c'est ça?

« Tu n'as pas besoin que je te le dise pour t'en apercevoir, et je n'ai surtout pas besoin de ta pitié! »

– De ma pitié? Tu crois vraiment que je peux avoir de la compassion pour toi? Sache que je n'accorde ma pitié à personne!

Elle s'avança silencieusement vers moi. Ses pieds ne touchaient pas le sol, contrairement aux miens.

– Pourquoi est-ce que j'entends tes pensées? Et qu'est-ce que tu fais là, tu es morte!

« Les âmes sont immortelles! »

– Mais pas quand je les vole! Je t'ai déjà expliqué que...

« Tu ne me l'as pas volée. »

Heureusement que mes pouvoirs étaient limités dans cette étrange zone à souvenirs, sinon je ne sais ce que je lui aurais fait. Peut-on tuer la même personne deux fois?

– Bien sûr que si, répliquai-je, je te l'ai volée!

« Je t'ai donné mon âme, David! »

Mon véritable prénom, du temps où j'étais humain!

– Ne m'appelle plus jamais comme ça, la menaçai-je.

Immobile, Anna m'observait toujours.

« Pourquoi pas, David ? Tu préfères que je t'appelle le voleur d'âmes ? »

Elle disparut avant que j'aie le temps de lui lacérer le visage. Des sirènes d'ambulances retentirent. La petite Anna était désormais prise en charge par les médecins qui se pressaient sur les lieux. Les membres de sa famille avaient été enveloppés d'une couverture.

Quant à moi, je fus entraîné sur le chemin du retour, direction le sofa du vieux hangar où je me retrouvai allongé.

Tout était de la faute de cette maudite humaine. J'avais fait une erreur en acceptant son âme exquise car son sacrifice avait permis à son âme de rester telle quelle, toute vibrante d'un passé dont je subissais par flashs le souvenir. Anna me hantait comme un fantôme. Elle pouvait même prendre le contrôle de mon esprit !

Pour la première fois depuis des siècles, je paniquai. Si cette sotte en prenait conscience, j'étais foutu.

« Tu ne m'as rien fait, j'ai consenti à ce que tu me prennes mon âme. »

– Parce que tu espionnes mes pensées aussi ? m'écriai-je, fou de rage. Alors vas-y, qu'est-ce que tu attends pour prendre le contrôle !

« Tu l'as dit toi-même, je ne suis pas assez puissante pour cela, David. »

– Ne m'appelle plus comme ça, ce prénom n'existe plus !

« Comme tu veux mais c'est dommage, il me plaisait bien. »

Je m'en fichais pas mal qu'il lui plaise ou non. Il ne signifiait plus rien pour moi depuis ce jour où j'étais devenu un voleur d'âmes, il y a un millier d'années déjà… Ma vie de jeune homme, je l'avais délibérément abandonnée pour être du côté des ténèbres. Une créature maléfique m'avait fait signer un pacte et m'avait ouvert une vertigineuse ère de toute-puissance. Je m'étais tourné vers les âmes des jeunes humaines : mes préférées. Elles m'offraient une extraordinaire variété de pouvoirs, davantage que les hommes. J'avais appris à distinguer les âmes fortes des faibles. La difficulté ne m'effrayait pas. Plus d'une fois j'avais eu affaire à des âmes indomptables.

« Tu me classes aussi dans la catégorie des indomptables ? »

– Tais-toi Anna et arrête de m'espionner !

« Sauf que je ne t'espionne pas, mon cher voleur d'âmes. Tes pensées résonnent simplement en moi et vice versa. Mais tu n'entends que ce que je veux bien te dire alors que moi, j'ai accès à tout. »

– Très chère Anna, répondis-je en adoptant le même air faussement sympathique, tu pourrais peut-être les ignorer ! Je n'ai pas droit à un minimum d'intimité ?

« Non, et ne parle pas d'intimité, je n'ai même plus de corps... De toute façon nous sommes tous les deux morts ! »

– Je suis encore vivant !

« Je parlais de l'homme que tu a été, de David ! »

– Il n'existe plus, David n'existe plus ! Cesse de m'appeler comme ça !

« Ton âme... elle est devenue tellement noire après que tu as signé ce pacte ! Elle est si sombre... »

J'éludai sa remarque, observant son corps toujours étendu sur la couverture où je l'avais installé. Une grosse marque rouge lézardait sa joue.

– Anna, qu'est-ce que... C'est moi qui t'ai fait ça tout à l'heure ?

Mes doigts étaient rouges de sang, c'est bien moi qui lui avais fait ça lorsque j'avais tenté de la griffer.

– Je croyais que tu avais disparu avant !

« Pas assez vite, on dirait. Tu ne voudrais pas enlever mon corps de là ? Pourquoi tu ne l'as pas jeté du haut d'un toit, comme tu en avais l'intention ? Au moins, je n'aurais plus à supporter sa vue, et arrête de me regarder avec cet air aussi méprisant ! »

– Parce que tu crois que je vais t'obéir ? Tu ne me contrôles pas encore !

« Si tu le dis. »

Elle commençait à m'amuser avec sa naïveté.

« Je ne suis pas naïve ! »

Je recouvris son corps d'un autre drap blanc en essayant de faire le vide dans ma tête. Je n'allais pas laisser une simple gamine me commander.

Un détail clochait.

Pourquoi Anna m'avait-elle donné son âme ? Pourquoi avait-elle accepté de mourir sans rechigner ? Quel être humain pouvait ne plus avoir envie de vivre ?

– C'est à cause de l'accident que j'ai vu que tu as voulu mourir ?

Elle demeura muette. Je fabriquai une boule de feu et la fis léviter au-dessus de son corps.

« Si tu brûles mon corps, j'apparaîtrai telle quelle si des souvenirs refont encore surface. Je ne suis déjà pas très jolie, ne me fais pas ressembler à un cadavre carbonisé ! »

– Tu auras ces marques, si je te vois encore ? demandai-je en désignant les griffures.

« Oui, probablement. »

– Et la douleur, tu l'as ressentie ?

« Ce n'est pas grave, j'ai vécu pire. »

– Pire que d'être prisonnière d'un voleur d'âmes qui va chercher par tous les moyens à t'éliminer ?

« Oui, pire que ça. Tu vas vraiment essayer de me tuer ? Si tu fais disparaître mon âme, tous les pouvoirs qu'elle a pu t'offrir vont eux aussi... »

– ... disparaître, finis-je à sa place, mais si c'est le prix à payer pour ne plus t'entendre, je suis prêt.

« Alors brûle mon corps, ça n'a plus aucune importance. »

Je ne l'entendis plus. Était-elle vexée? Mais qu'est-ce qu'elle croyait, je n'allais pas supporter de vivre ainsi pour l'éternité! J'approchai les flammes de son cadavre puis les laissai s'éteindre. Je n'y arrivais pas! Est-ce que son âme ressentirait de la douleur? Les brûlures risquaient de la faire tellement souffrir... Non, je ne pouvais faire ça. C'était inhumain. Sauf que je ne m'étais jamais soucié de la souffrance humaine!

Je refis jaillir une boule de feu.

Pas d'exception pour elle.

– Désolé, Anna.

Je l'orientai vers son corps qui commença à s'enflammer quand un autre flash m'éblouit. Je me retrouvai à nouveau au cœur de son passé. Dans une petite pièce, qui ressemblait à une chambre. Deux personnes s'embrassaient. J'eus un hoquet de surprise en reconnaissant Anna.

Elle devait avoir dans les dix-sept ans.

Le jeune homme qui l'embrassait avait à peu près le même âge. Il était vêtu d'un jean et d'un débardeur blanc, et ses cheveux étaient ramenés en pics sur le haut de son crâne. Les chaînes qui pendouillaient de son pantalon évoquaient les garçons qui arpentent le soir les banlieues. Sans doute pas le genre qui correspond à Anna.

Ils continuaient pourtant à s'embrasser.

Emprisonné par des liens invisibles, j'étais condamné à assister à leur interminable baiser. J'avais du mal à ne pas me jeter sur lui pour l'étrangler. Comment supporter qu'un homme puisse... la toucher? J'étais jaloux? Cela y ressemblait furieusement...

Une photo sur une étagère attira mon attention: Anna et lui se tenaient par la main, c'était son petit ami. J'eus envie de hurler.

– Je t'aime, lui dit-elle en s'écartant de lui à bout de souffle.

– Ouais, moi aussi.

Elle s'assit sur le lit. Il enfila son blouson et se dirigea vers la porte. Elle le rattrapa par le bras.

– Tu m'avais promis d'arrêter, Kevin. On a assez d'argent maintenant, tu n'as plus besoin de dealer !

Il rangea plusieurs sachets de poudre blanche, de la cocaïne, dans son sac et haussa les épaules.

– On a jamais trop d'argent.

– C'est illégal !

– Quoi, dit-il en se retournant brusquement vers elle, tu vas me dénoncer ?

– Non, Kevin, bien sûr que non, mais... tes fournisseurs rôdent de plus en plus souvent autour de l'hôtel, la police va finir par se douter de quelque chose. Arrête, sinon...

– Sinon quoi ? Tu vas voir la police ? Tu vas me quitter ?

Il leva le poing vers Anna.

– Je ne te ferai jamais ça, se défendit-elle. Je ne te dénoncerai jamais, mais tu ne peux pas continuer comme ça. Il faut que...

– Tu n'es qu'une...

Kevin la gifla avec une telle force qu'elle retomba sur le lit. Puis, la relevant par les cheveux, il lui asséna un autre coup au visage qui la fit chuter sur le parquet où il s'acharna. Je parvins à me libérer de mes liens et fonçai sur lui pour le maîtriser, mais je passai au travers de son corps et me cognai contre la table de nuit. Me recroquevillant un peu plus à chaque coup qu'il lui donnait, je restai au sol. Ne pas pouvoir la protéger était un supplice.

Le jeune homme finit par s'arrêter, essuyant la sueur qui perlait sur son front. Son petit ami venait de la tabasser ! Elle se redressa en sanglotant, pliée en deux. Il sortit un couteau de sa poche et la menaça :

– Si tu fais quoi que ce soit, tu es morte Anna, et je ne rigole pas !

Kevin jeta son sac sur ses épaules et ferma la porte à clé derrière lui. Anna s'effondra, couverte de blessures et de sang. Des bleus se formaient déjà sur ses bras et son visage. Je rampai jusqu'à elle et essayai de la relever mais mes mains sans substance ne purent l'agripper. Comment avait-il pu lui faire ça ? Qu'est-ce que c'était que cette histoire de drogue ? Ce n'était sûrement pas la première fois qu'il adoptait un comportement violent envers elle. Pourquoi restait-elle avec lui alors ? Comment pouvait-on aimer quelqu'un comme ce type ? Brusquement, je pris conscience que je ne valais guère mieux. Je l'avais tuée et avais pris son âme, sauf que moi je ne... l'aimais pas.

Je m'assis sur le lit. Anna était toujours étendue au sol. Pas une seule fois, elle n'avait crié. Sa résistance à la douleur était très impressionnante.

« *Tu ne peux pas imaginer à quel point...* »

Je me retournai brusquement : Anna, l'actuelle, se tenait debout contre le mur, son aura rayonnant de souffrance... Qu'est-ce qui lui causait autant de douleur ? Revoir ce souvenir ? Son bras était en feu mais comme les flammes s'étaient figées, la douleur perdurait.

Je me précipitai vers elle.

– Anna, mais...

« *Pas besoin de ta pitié.* »

Ses pensées vacillaient :

« *Mon corps brûle et je... brûle avec...* »

Juste avant le flash, j'avais commencé d'embraser son corps. Maintenant que je prenais conscience de ses souffrances, plus rien ne m'importait que d'y mettre fin. Je posai mes mains sur les siennes. Elle recula puis se laissa faire. Je pris un peu de sa douleur et tentai de débloquer ce qui me restait d'énergie pour calmer sa brûlure. Ça ne marcha pas. Je n'étais pas assez puissant. Il fallait d'abord quitter cette zone psychique pour y parvenir. J'effleurai sa joue, les griffures que je lui avais infligées disparurent.

« *Merci* », chuchota-t-elle, glaciale.

La Anna de dix-sept ans gisait toujours à terre. Anna la regardait avec douleur.

– Tu l'as revu après ça ?

Elle hocha pudiquement la tête.

Les contours des objets devinrent flous, son passé se volatilisa. Elle lâcha lentement ma main et je la sentis partir...

Nous revînmes dans le hangar où le feu reprit sa besogne, se propageant au reste de son corps. Je l'éteignis d'un claquement de doigt et passai ma main au-dessus d'elle. Toute trace de brûlure s'effaça.

« Merci, mais tu n'étais pas obligé de faire ça. »

– Le feu ne t'aurait pas tuée de toute façon, ça ne servait à rien. Comment tu te sens ?

Moi, le voleur d'âmes, je venais d'abréger les souffrances d'une de mes victimes et de m'inquiéter pour elle ?

« Je ne suis pas ta victime, j'étais consentante ! »

– Mais pourquoi, Anna, pourquoi m'as-tu donné ton âme ?

« Quitte à mourir, autant servir à quelque chose. Elle avait l'air de te tenir à cœur, depuis le temps que tu me suivais... »

– Je désirais seulement les pouvoirs de ton âme, éructai-je, rien d'autre, crois-moi. Je suis sûr que tu savais qu'en te sacrifiant tu ne pourrais pas vraiment mourir !

« Comment aurais-je pu le savoir ? Tu l'as dit toi-même, les humains ne sont que des imbéciles pour qui le surnaturel n'est qu'une farce... »

– Quant as-tu commencé à capter mes pensées ?

« Depuis que tu as pris mon âme en toi », avoua-t-elle.

– Et tu ne t'étais pas manifestée avant ?!

L'orage gronda au-dessus du hangar, j'étais fou de colère. Elle savait tout et avait sûrement surpris mon trouble, mes maladresses, l'histoire de sa joue délicate ou de la caresse. Elle avait dû en tirer des conclusions idiotes.

– Je ne t'aime pas et je n'ai pas la moindre affection pour toi, me défendis-je, et tu as peut-être raison, je t'aide parce que j'ai pitié de toi !

« Tu ne peux pas t'empêcher d'être cruel, tu te reprends à la moindre pensée ou parole gentille... »

– Ce n'est pas parce que toute ta famille est morte dans un accident de voiture dont tu es la seule survivante et parce que ton petit ami était un dealer violent que je dois me montrer aimable avec toi !

« Je ne sais pas pourquoi ces flashs reviennent et pourquoi tu es obligé d'y assister mais si ça arrive encore une fois, ferme les yeux. Et… autre chose : tu n'as pas les moyens d'intervenir dans le passé, la prochaine fois n'essaie pas d'arrêter Kevin ou de me secourir ! »

– Quoi, tu étais là depuis le début ? Est-ce qu'il y a une chose sur moi, une chose seulement qui t'échappe ? criai-je.

Anna ne répondit pas. Je me sentis tout à coup très faible, il me fallait une nouvelle âme et vite. Je m'envolai à travers une vitre brisée et errai dans la ville à la recherche d'une âme susceptible de me plaire. Mais aucune ne convenait, tout simplement parce que j'avais déjà trouvé l'âme que je cherchais : c'était Anna. Après une nuit de vaine chasse à l'âme, je m'assis dans une rue déserte contre un réverbère, et observai la lumière et toutes les sales bestioles qui tournaient autour. Anna ne m'avait pas adressé la parole de toute la nuit, je m'étais sûrement montré trop agressif ou trop « cruel », selon ses dires.

– Si tu entends mes pensées, Anna...

Je la regrettais un peu, je m'étais habitué à sa présence.

Une femme d'une vingtaine d'années s'accroupit en face de moi.

– Ça ne va pas monsieur ? Vous ne vous sentez pas...

Elle s'arrêta net en croisant mon regard d'hypnotiseur et succomba tandis que je vérifiais si personne ne passait par là et me relevai. Je ne pris pas la peine de lui demander son nom et m'apprêtai à l'embrasser. Tant pis si son âme avait l'air banale, j'en avais trop besoin pour faire la fine bouche. En approchant mes lèvres, j'eus soudain le pressentiment d'un autre flash. Je reculai vivement, le décor changea, les couleurs redevinrent grises.

Je hurlai. Je ne voulais plus de ses souvenirs. Pourquoi avait-il fallu que je tombe sur la seule humaine qui accepte de me donner son âme ! La pièce dans laquelle je me trouvais était blanche, comme un vide, comme une page à écrire. Je cherchai Anna des yeux et la découvris dans un coin, repliée sur elle-même, se balançant doucement au rythme de ses pleurs.

– Tu sais où on est ?

Elle fit mine de n'avoir rien entendu.

– Anna, insistai-je, tu sais où on est ?

Toujours aucune réponse. Je m'assis à côté d'elle et l'observai sans un mot. Les griffures sur son visage avaient bien disparu ainsi que les traces de brûlure, pourtant ses joues étaient sillonnées de larmes. Un long moment de silence s'ensuivit, troublé seulement par nos respirations et ses sanglots. Pleurait-elle par ma faute, à cause de ce que je lui avais dit ?

« Je suis dans le coma, c'est le moment où je suis restée deux jours dans le coma », finit-elle par expliquer en essayant de se calmer.

– Qu'est-ce qui s'est passé ? demandai-je d'une voix étonnamment douce.

« Ça date d'un an et demi, Kevin m'avait... on s'était violemment disputés. »

– Au point de tomber dans le coma ?

Elle acquiesça et releva enfin la tête.

« Garde ta pitié, cette fois ! »

– Tu lis dans mes pensées, je ne peux pas faire semblant !

« Eh bien fais-le quand même. »

– Il continuait de dealer ? Tu l'as revu après qu'il t'a fait ça ? Comment as-tu pu supporter qu'il te frappe et...

« Je l'aimais… l'amour fait faire des choses stupides. Mais après ça, je ne l'ai plus jamais revu parce que... parce que je l'ai... tué. J'ai tué Kevin pendant notre dispute... »

Elle éclata à nouveau en larmes. Je demeurai bouche bée, Anna était une meurtrière ?

« Je te rappelle que toi aussi, tu es un meurtrier. Garde tes réflexions pour toi ! » parvint-elle à crier entre deux sanglots.

– Sauf que moi je tue des inconnues, c'est différent !

Anna se leva brusquement et partit en courant. Je la rattrapai et lui pris la main, elle se débattit et parvint à m'échapper, courut droit devant, s'écroula.

– Tu t'es blessée ?

Je posai mes mains contre des parois évanescentes. Nous étions cette fois emprisonnés dans un espace, ça expliquait au moins pourquoi je n'étais pas enchaîné par des liens.

– Tout ce blanc, ce vide... c'est ce que tu voyais lorsque tu étais dans le coma ?

Elle s'était assise et continuait à pleurer.

– Tu pourrais au moins me répondre !

Elle releva la tête.

« Tu as raison David, tu n'aurais pas dû prendre mon âme, parce que si tu ne l'avais pas fait je me serais tuée pour ne plus avoir à vivre avec ce que je lui ai fait ! Et maintenant, ça n'est plus possible, je me retrouve prisonnière de toi ! Et pour l'éternité ! » cria-t-elle rageusement.

J'allais répliquer quand les couleurs se métamorphosèrent. J'étais désormais dans une chambre d'hôpital. Il faisait jour, une grande lumière inondait toute la pièce. La jeune Anna était sur un lit, reliée à une multitude de tuyaux. Elle ouvrait lentement les yeux et semblait prendre conscience de l'endroit où elle se trouvait. Anna se précipita et tenta d'arracher ses perfusions, mais comme il est impossible d'intervenir dans un souvenir, ses mains passèrent au travers.

– Anna, ça ne sert à rien ! Arrête !

Elle essaya encore et encore. Je l'immobilisai et l'entraînai vers la fenêtre.

« Tu avais dit que tu trouverais un moyen de me faire définitivement disparaître ! Alors trouve-le, fais-moi disparaître pour de bon ! »

– Tu veux que je te tue ?

Je secouai la tête, je ne voulais pas la tuer, je ne voulais pas la perdre.

« S'il te plaît, fais-le, je t'en prie ! » supplia-t-elle.

Je la serrai dans mes bras, elle se laissa doucement aller vers moi.

– Tu n'as peut-être pas tué Kevin, ce n'était peut-être qu'un accident...

« Il m'a poussée par la fenêtre et je l'ai entraîné dans ma chute. Il n'a pas eu autant de chance que moi, moi je suis une miraculée et lui il est mort ! C'est injuste, pourquoi suis-je miraculée de cet accident de voiture et de cette chute ? Je ne voulais pas ! Toutes les personnes que j'aime ou que j'ai pu aimer partent, elles partent sans moi ! Je n'ai eu plus qu'une idée en tête jusqu'à ce que tu apparaisses dans ma vie : en finir une fois pour toutes ! Je pensais que tu allais me permettre de les rejoindre et voilà que je me retrouve en toi, que tous mes souvenirs refont surface et que tu les vois ! Comme si j'avais besoin de ça ! »

Après avoir déballé tout ça d'une traite, elle me fixa intensément. Les larmes chamboulaient son visage.

– C'était un accident, la rassurai-je, c'est lui qui a essayé de...

« Le résultat est le même, ils sont tous morts et je ne le suis toujours pas ! À quoi ça sert de vivre si on n'a plus personne ? Aide-moi, David ! »

– Non.

Elle me repoussa.

« Je le savais, je savais que tu ne ferais rien pour m'aider. »

Des dizaines de questions se bousculaient dans ma tête, Anna me demandait de me débarrasser d'elle, sauf que je ne voulais plus qu'elle parte. Sa présence ne me dérangeait plus, au contraire.

« Pourquoi ? »

– Parce que les pouvoirs que tu m'as offerts me comblent, mentis-je, je ne veux pas les perdre. Mon but, depuis des centaines d'années, est de devenir très puissant, ce que je suis enfin aujourd'hui grâce à toi. Et tant pis si je dois te supporter !

« Et moi dans tout ça ?! Je veux seulement trouver la paix, être enfin débarrassée de mes souvenirs, pourquoi tu me refuses ça ? »

– J'ai besoin de to... de tes pouvoirs, me repris-je juste à temps. Désolé.

Une infirmière entra dans la salle. Je grimaçai et me dirigeai vers le lit. La femme se pencha sans me voir et passa sa main au-dessus du visage de l'ancienne Anna qui essaya en vain de se relever.

– Ne vous inquiétez pas, vous pourrez bientôt vous lever. Mais pour l'instant, vous devez absolument vous reposer.

– Où est Kevin, le jeune homme qui était avec moi ? Est-ce qu'il...

– Je suis désolée mademoiselle, la coupa-t-elle en prenant soin de peser ses mots, votre compagnon n'a pas survécu à ses blessures... il est mort dans la matinée.

Elle pâlit et s'enfonça un peu plus dans son lit.

– Comment ça, il est mort ? demanda-t-elle d'une voix tremblotante.

– Vous êtes tous les deux tombés du troisième étage, c'est déjà un miracle que vous soyez en vie !

– Mais...

– Reposez-vous, je repasserai un peu plus tard.

Je me tournai vers la vraie Anna, elle avait le dos tourné et avait plaqué ses mains sur ses oreilles.

Il fallait quand même avouer qu'elle n'avait pas eu de chance dans la vie. À peine vingt ans et elle était déjà victime d'un accident de voiture meurtrier qui avait emporté toute sa famille. Sans oublier le petit ami violent qu'elle avait tué en légitime défense. Le remords la rongeait, elle s'accusait de sa mort… Et voilà que pour finir, je déboulais et lui prenais son âme. Anna était maintenant destinée à me supporter pour l'éternité.

Elle ne me faisait pas pitié, mais je mourais d'envie de lui dire qu'elle n'allait plus souffrir maintenant. Plus jamais. Hormis cette décision de la garder avec moi, qui, justement, la faisait souffrir… Je me sentais déchiré entre mon souhait qu'elle reste et son désir à elle de partir. J'avais toujours été égoïste et n'avais guère envie de changer, mais si ça la rendait malheureuse ! Il était peut-être temps que je pense aux autres. Elle voulait mourir, très bien. J'allais trouver un moyen de faire disparaître son âme.

Ma vue se brouilla, le passé disparut.

Il faisait nuit. La femme dont je m'apprêtais à voler l'âme était toujours devant moi, hypnotisée. Je la repoussai avec dégoût et courus jusqu'au hangar, bien décidé à exaucer le souhait d'Anna.

Je fis apparaître plusieurs piles de livres sur mon fauteuil en espérant y trouver des réponses, sauf que le *Guide du voleur d'âmes* comportant le nouveau chapitre « Comment se débarrasser d'une âme absorbée » n'existait pas et qu'après deux jours de recherches intensives, je n'avais aucune piste. Peut-être fallait-il simplement désirer sa disparition ? Mes pouvoirs devaient m'y aider. Il me suffisait de penser à un objet pour qu'il surgisse entre mes mains. Je pouvais toujours essayer. Le seul problème était que je ne voulais pas du tout la faire partir. Est-ce que je pouvais réellement aller contre ma volonté ?

– Anna ? J'ai peut-être trouvé la solution, tu es prête ?

« Prête à partir pour de bon ? Oui, évidemment. Pourquoi as-tu changé d'avis ? »

– Parce que tu me l'as demandé.

« Depuis quand fais-tu ce que les gens te demandent ? Je croyais que tu ne pensais qu'à toi. »

Je ne répondis pas, sentis une boule se former dans ma gorge. Mes yeux me brûlèrent.

– Finissons-en… Adieu Anna, j'espère que tu trouveras la paix là-bas, et tous les gens que tu as aimés.

« Merci David, merci. »

Sa voix tremblait légèrement, tout comme la mienne. Je me levai et me plaçai au centre de la pièce en concentrant mon énergie. Un étrange sentiment m'envahit. Je fermai les yeux et serrai les poings.

« Je t'en serai reconnaissante à jamais… »

Je luttai pour ne pas défaillir et continuai. Une immense chaleur se dégagea de mon corps et la foudre s'abattit, provoquant un incendie qui emplit immédiatement l'espace d'une fumée nauséabonde. Je ne bougeai pas d'un pouce et persévérai.

– Je souhaite que les pouvoirs que m'a conférés cette âme disparaissent à jamais, articulai-je solennellement, et que l'âme d'Anna soit...

Je n'arrivais pas à finir, j'en avais le pouvoir mais pas le désir, je ne pouvais pas.

– Anna, ne me demande pas de faire ça... Je t'en supplie, ne me demande pas de continuer !

« S'il te plaît, David ! Fais-le, tu retrouveras d'autres pouvoirs ! »

– Mais je n'en ai rien à faire de mes pouvoirs ! tonnai-je en relâchant d'un coup toute la tension qui s'était accumulée dans mon corps, je veux seulement que tu restes !

« Mais je veux partir, laisse-moi partir ! »

J'eus un sursaut et titubai. Cette fois, mes pouvoirs m'échappaient, j'avais libéré une énergie trop forte. Le sol se mit à trembler sous mes pieds, je m'envolai avant que tout s'effondre. Une fois dans les cieux, je fonçai en direction de l'océan le plus proche et, avisant une plage déserte, m'immergeai dans l'eau en tentant de retrouver mon calme, de peur de provoquer une gigantesque explosion. Je me laissai couler et fermai les yeux. L'énergie finit par se dissiper lentement hors de mes doigts, j'avais évité la catastrophe.

Je remontai à la surface et me traînai, épuisé, sur le sable.

– Si je vais jusqu'au bout je risque de tout faire exploser, je ne peux pas continuer ! haletai-je, il faut que je trouve un autre moyen, celui-ci est trop dangereux !

« Pourquoi veux-tu que je reste, si ce n'est pour tes pouvoirs ? » murmura-t-elle.

– Je veux que tu restes parce que je...

Tout devint flou et l'on bascula une énième fois dans un souvenir. Qu'allai-je encore découvrir de son passé ? Cela m'angoissait, elle avait déjà assez souffert comme ça…

Je me retrouvai dans une ruelle sombre. L'eau gouttait au-dessus de ma tête. La vraie Anna était à côté de moi et ses traits étaient figés dans une expression de terreur. Elle détourna les yeux et s'assit le long d'un mur en brique rouge. Deux formes se distinguaient. Je reconnus la silhouette d'un homme et la sienne. L'homme la plaqua contre les pierres sans se soucier du choc et la fit... léviter afin qu'elle arrive à sa hauteur. C'était moi, moi que je voyais ! En train de lui voler son âme…

– Tu vas mourir, Anna...

– Mon âme... je te la donne, prends-la.

Je me bouchai les oreilles. Pauvre Anna, elle avait cru que me donner son âme mettrait fin à ses souffrances, mais celles-ci, au contraire, avaient empiré, et en partie à cause de moi.

« On ne pouvait pas prévoir que ça se terminerait comme ça. »

– Non, mais si j'avais su...

« C'est quand même mon meilleur souvenir, des quatre que l'on a vus. »

– Ne dis pas de bêtises, tu es morte par ma faute !

Elle s'approcha de moi.

« Je ne savais pas qu'un voleur d'âmes pouvait pleurer. »

Je m'essuyai les yeux. Quelques larmes roulaient sur ma joue, j'ignorais que cela pouvait m'arriver.

– C'est la première fois que je ressens quelque chose d'aussi fort, avouai-je, alors oui, je ne te laisserai pas partir, je ne peux pas te laisser partir, c'est impossible. Tu as su réveiller David, l'être humain qui se trouvait en moi et je... ne veux pas que tu partes ou je le regretterai pour toujours, pour l'éternité. Ne m'oblige pas à recommencer, je ne peux le faire contre ma volonté. Je refuse et je ne reviendrai pas sur ma décision. Quoi qu'il arrive, un de nous deux va souffrir. À choisir je préfère que... Tu ne veux pas attendre encore un peu avant de partir ?

« Si c'est encore ta pitié qui m'emprisonne, ce n'est pas la peine ! »

– Alors lis dans mes pensées !

« Tu ne peux pas tomber amoureux d'une âme ! » éclata-t-elle.

– Peut-être, mais pourtant je t'aime, et je ne te laisserai pas partir !

« Je sais très bien que tu as deviné tout comme moi que ce souvenir est le dernier que nous voyons. Tu ne me verras plus jamais après ça, tu pourras seulement entendre mes pensées et rien d'autre, David. Personne ne peut vivre comme ça ! »

– Tu dis ça parce que tu ne m'aimes pas ou parce que...

« Parce que je commence à m'attacher à toi et que cette histoire va très mal se terminer. Laisse-moi partir avant que ça dégénère ! »

– Non, me révoltai-je, non !

Elle s'arrêta devant moi, attrapa ma main et la serra tendrement dans la sienne.

« C'est tout ce que je peux t'offrir. »

Anna se haussa sur la pointe des pieds. Elle commença à m'embrasser puis devint transparente. Mon instinct me souffla qu'on quittait son souvenir. Affolé, je la retins contre moi. On regagnait notre époque, elle allait redevenir une âme, c'était la dernière fois que je la voyais ! Je croisai son regard triste. Ses lèvres tremblaient.

« Tu vois, on ne peut pas être ensemble ! » sanglota-t-elle.

Nos mains se lâchèrent, c'en était trop. Je hurlai et débloquai une nouvelle source d'énergie qui nous illumina. Elle tendit la main vers moi et devint une boule de lumière. La puissance dégagée fissura l'espace-temps : une large faille surgit où Anna disparut et je m'y engouffrai à sa suite. Tout devint noir, la seule lumière était celle de son âme qui brillait pour moi.

« David, tu as bouleversé le tunnel qui nous permettait de voyager entre le passé et le présent ! »

– Je... mes pouvoirs deviennent incontrôlables !

« Raison de plus pour que je parte ! Il faut te débarrasser de ces pouvoirs ! C'est le moment, fais-le maintenant ! »

– Je ne pourrai jamais !

« On n'a plus le choix. Libère-moi. »

Je serrai les poings. Elle avait raison, ces pouvoirs étaient trop fous, ils mettaient en péril trop de choses. Il fallait que je la laisse partir.

Elle vola jusqu'à moi.

« Je t'aime, David, mais oublie-moi ! »

J'avalai une grande bouffée d'air en essayant de ne pas pleurer.

– Je t'aime, Anna, mais je ne peux t'oublier. Adieu.

« Adieu... »

Je concentrai encore une fois mes pouvoirs, tandis qu'une immense chaleur m'envahissait :

– Je souhaite que les pouvoirs que m'a transmis cette âme disparaissent à jamais et qu'elle soit enfin libérée, déclarai-je d'une voix tremblotante. Qu'elle trouve le repos qu'elle mérite, qu'elle ne souffre plus jamais, qu'elle sache que je l'aime.

Une douleur me transperça. Je m'effondrai au sol, vidé tout à coup d'une grande partie de mes pouvoirs. Son âme s'éteignit, douce étincelle. L'obscurité s'éclaircit et j'atterris sur la plage. Je me laissai tomber dans le sable en pleurant. Cette fois, c'était vraiment fini, elle était partie, elle était morte.

Ma toute-puissance avait servi à réparer la brèche et il m'en restait juste assez pour regagner le vieux hangar. Une fois là-bas, je fis disparaître son corps, prenant soin de ne pas l'effleurer et de ne pas le regarder. La seule fille que j'avais aimée n'allait plus jamais revenir et c'est moi qui l'avais tuée deux fois : la première afin de posséder son âme, la seconde parce qu'elle me l'avait demandé.

Je claquai des doigts. Un contrat en parchemin apparut, ma signature était en bas de la page, à côté de celle du diable : le prix à payer pour mon éternité. Après plusieurs siècles d'existence, je n'en voulais plus.

Je déchirai le papier.

Le pacte était rompu.

Un rire sinistre retentit.

J'affichai un sourire faiblard en me faisant foudroyer.

JUSTINE
GUILLET-AOUSTIN

Mémoire faussement esclave

J'ai vu le jour un soir d'automne, le 21 novembre 1996, à Saint-Herblain, près de Nantes. Dotée d'un caractère assez variable, très sensible, je peux passer facilement du rire aux larmes. Ma passion pour l'écriture est née peu après moi. Après avoir admiré des auteurs tels que J. K. Rowling, Roald Dahl, Daniel Pennac ou encore Cornelia Funke, j'ai découvert qu'écrire n'est pas seulement jeter des mots sur papier. Si on laisse une trace écrite, on laisse une partie de nous-même, une face cachée. Et pour créer ses propres œuvres, il faut toujours s'inspirer…
Mémoire faussement esclave, *par exemple, vient de quelques leçons d'histoire qui m'ont été enseignées.*
J'écris pour deux raisons : mon plaisir et être lue. Concernant la première, je n'ai pas à me plaindre : j'adore. Concernant la deuxième…
Je n'ai rien à dire de plus, sinon : « bonne lecture ! »

1836

PABLO OUVRIT LES YEUX PÉNIBLEMENT. Le jour se levait, et la terre se réveillait peu à peu. Il sortit de sa minuscule cabane. Le visage éclairé par le soleil, il longea la plaine dont ses maîtres, les Harper, étaient propriétaires.

Âgé de dix ans, il était né esclave noir. Depuis la première année de sa vie, il travaillait dans les écuries. Pablo alla s'asseoir sur les marches de la maison et réfléchit aux tâches qui l'attendaient aujourd'hui. Comme chaque matin, la vieille Isadora, la cuisinière, lui apporta son petit déjeuner.

– Il fait un temps magnifique. Tu ne trouves pas, Pablo ?

– Si, Isadora. Mais la journée est vraiment surchargée.

– Allons, je suis sûre que tu auras le temps de t'amuser. J'ai vu monsieur Harper. Il a l'air de bonne humeur. Et madame aussi.

– Ah ? Tant mieux.

– Monsieur a demandé à te voir, Pablo. Il t'attendra à onze heures précises.

– Pourquoi donc ?

– Je l'ignore. Mais si tu ne veux pas le décevoir, finis ton plat et va vite travailler.

– Oui, vous avez raison.

Pablo se rua vers les écuries, qu'il commença à nettoyer. Il savait qu'il n'était, hélas, qu'un nègre et qu'il ne posséderait jamais la chance d'être blanc et supérieur. Tous les matins, il y pensait en faisant son devoir d'esclave.

Au même moment, au fin fond de son lit, Donald Jules Harper soulevait difficilement les paupières. Il s'extirpa de ses draps. Il se lava, se fit aider pour s'habiller et descendit. Servi par son esclave Isadora, la vieille femme qui travaillait aux cuisines, il prit son petit déjeuner. Mr Harper se dirigea ensuite vers son salon personnel. Sa femme, Elisa Mar Harper, sa fille, Julia Elisa Harper, et son fils, Joseph Donald Harper, sommeillaient encore. Il se laissa tomber dans son fauteuil, jeta un regard par la fenêtre. Sa bande de terre et les maisons de ses esclaves étaient bien visibles sous la lumière du jour. Il était né de l'autre côté de cet État d'Amérique. Sa mère était morte en le mettant au monde. Son père s'était occupé de lui et l'avait envoyé faire ses études à Seattle. C'était à l'école qu'il avait obtenu l'amour de la belle Elisa. Après son mariage, sa fille Julia était venue au monde. Aujourd'hui, elle avait quinze ans, et son jeune frère Joseph douze. À présent, avec leurs cinquante esclaves, ils étaient heureux. Des coups à la porte l'arrachèrent à ses pensées.

– Entrez.

La porte s'ouvrit et un enfant noir en haillons, le visage crasseux, les cheveux noirs ébouriffés et les vêtements maculés de boue apparut.

– Ah, Pablo. Entre.

L'enfant s'avança timidement.

– Je souhaitais te voir. Tu travailles depuis toujours aux écuries et je t'aime bien, Pablo. Tu es jeune et efficace. Tu vaux plus que du bétail et tu pourrais même être blanc, c'est pourquoi je ne peux te marquer au fer rouge. Aussi, je te propose de cesser ton travail aux écuries et de travailler dans la maison, en logeant dans une chambre. Qu'en dis-tu ?

– Eh bien…

– Ne t'inquiète pas. Je te trouverai un remplaçant. Accepte et tu seras logé ici.

– Je… J'accepte.

– Merci. Je vais au marché. On dit qu'il y a des esclaves en vente. Tu m'y conduis ?

– Oui, monsieur.

– Bien. Va seller les chevaux et préparer la voiture.

Le garçon salua et se retira, ravi de l'opinion de son maître à son sujet.

La place était encombrée d'une foule très animée. En compagnie de Mr Harper, Pablo regardait un homme riche et blanc, vêtu d'un turban bleu, criant :

– Achetez mes esclaves ! Ils sont beaux et forts, mes esclaves ! Pas chers, mes esclaves !

Sur une estrade, une lignée de nègres était exposée. Parmi eux, se trouvait une jeune fille noire, sale et pratiquement nue, qui ne bougeait pas.

Elle avait l'air musclée, en excellente santé et était très belle.

Elle attirait de nombreux regards.

– C'est elle qu'il me faut, dit Mr Harper. Je vais vite aller négocier avant qu'un autre l'achète.

Il se dirigea vers le marchand.

– Bonjour.

– Ah, monsieur ! Vous êtes intéressé par mes esclaves ?

– En effet. Je voudrais faire un cadeau à ma fille et j'ai besoin d'un remplaçant pour mes écuries. Montrez-moi vos esclaves aptes.

– Oh, bien sûr ! Les esclaves de qualité se trouvent ici. Celui-ci est robuste et il vous servira pendant vingt ans ! En cadeau, je vous offre ce gamin qui est très utile pour le bétail.

– Oh… Je préférerais avoir cette femelle.

– Mais mon cher monsieur, vous faites un excellent choix ! Celle-là s'appelle Christie. Elle a seize ans. Elle est costaud et jolie, de la pure qualité vraiment ! Christie pourra s'occuper des écuries sans problème, et si vous la faites se laver, elle fera un beau cadeau !

– Bien. Combien la vendez-vous ?

– Ma foi ! Une esclave noire de cette sorte... Je vous la cède pour cinq cents dollars.

– Non négociable ?

– Non négociable. Vous l'achetez ?

– Je suis obligé ! Voilà une bourse qui contient l'argent.

– Merci. Je vous la descends.

Le marchand sortit un grand fouet et le fit claquer dans l'air. Christie se prit les pieds dedans et tomba sur le sol, en proie à tous les regards. Elle releva la tête, muette, paralysée. Le marchand la fit mettre debout, lui lia les mains avec des cercles de fer puis tira sur sa chaîne. Il la força à avancer et tendit la chaîne à Mr Harper.

– Elle est à vous.

Ce dernier s'empara de Christie et la chargea dans le chariot après l'avoir attachée solidement. Elle se roula en boule. Pablo observa sa remplaçante mais détourna aussitôt la tête. La jeune fille venait de lui jeter un regard fou de haine.

La semaine suivante, Pablo mena une vie heureuse d'esclave.

Contrairement à Christie qui ne mangeait pas, ne se lavait pas, ne parlait pas, ne dormait pas, ne travaillait pas. Les Harper pensaient que la manière forte était tout à fait inutile. C'était pourtant la méthode utilisée par le marchand pour qu'elle soit en bonne santé. Leur jeune esclave se laissait mourir.

Un matin, Pablo vint la trouver. Elle était seule dans les écuries, assise par terre, n'accordant aucun regard à l'enfant qui venait d'entrer. Le garçon s'assit auprès d'elle.

– D'où tu viens ?

Elle ne répondit pas.

– Pourquoi tu ne bouges ni ne parles ?

La jeune nègresse ne lui prêta pas attention, le regard vide, enfermée dans un silence inquiétant.

– Tu ne veux rien me dire ?

Pablo passa sa petite main dans les cheveux noirs crasseux de la négrillonne. Christie se retourna d'un coup, juste après qu'il l'eut effleurée. Sa belle main noire fonça sur lui… Puis plus rien. Les ténèbres.

Deux heures plus tard, le garçon était allongé sur la couchette de sa nouvelle chambre chez les Harper. À son chevet, Julia, sa jeune maîtresse, le veillait.

– Mais que se passe-t-il ? s'exclama-t-il.

– Christie t'a frappé.

– Ah bon ?

– Elle est dangereuse. Mon père va être obligé de la vendre, déclara Julia.

– Après ce qui s'est passé, personne ne voudra l'acheter !

– Jeune sot ! Ils n'en sauront rien ! Après l'« accident », elle n'a pas récidivé. Elle t'a touché juste parce que tu lui as parlé…

– Non. Parce que je lui ai caressé les cheveux. Elle avait l'air triste et je voulais la réconforter.

Après cette courte discussion, Pablo se traîna jusqu'au miroir. Il n'avait pas fière allure : sa joue était violacée, son œil droit gonflé, sa paupière fermée, la peau rouge et boursouflée tout autour. Un large voile blanc recouvrait l'autre moitié de son visage, sauf son œil, imbibé de sang. Était-ce Christie qui l'avait arrangé ainsi ? La tête lui tournait, la douleur irradiait son visage. Il se recoucha.

Quant à Christie, elle parcourait des yeux l'écurie, assise par terre. Où était-elle, et quel jour était-ce ? Elle savait qu'elle allait mourir. Elle n'avait plus envie de lutter. Elle était hantée de souvenirs. Sa sœur riant aux éclats, les caresses de la jolie main blanche de sa mère, son père pianiste, puis leurs cadavres, son chagrin si terrible, ces esclaves, cette place avec toute cette foule et le marchand, le petit négrillon... Christie avait les yeux trop vides, trop secs pour pleurer. Elle avait fait du mal et ne méritait qu'une chose : la mort. Mais sa VENGEANCE resterait gravée dans les mémoires à jamais. Elle se souvenait de son dernier geste : elle avait frappé quelqu'un qui essayait de la tuer par-derrière. Elle aurait dû le laisser faire. Christie n'avait plus peur maintenant.

Des pas. Quelqu'un venait. La jeune fille ferma les yeux, sentit qu'on l'empoignait, qu'on la forçait à se lever.

« Ça y est, se dit-elle, ils m'ont trouvée. Mon heure est venue. Je vous aime, Père et Mère. Adieu. »

Très affairé, le gros marchand embarquait ses esclaves à vendre, tous solidement enchaînés. Il était en pleine discussion avec un homme. Mr Harper se dirigea vers eux, accompagné de son jeune esclave au visage bandé.

– Mouais. Ici, les gens sont trop pauvres, disait le marchand.

– Alors qu'allez-vous faire ?

– Je vais aller dans une grande ville. Mes marchandises se vendront mieux.

– Vous n'en avez vendu aucun ?

– Si. Trois seulement. Un mâle tout maigrelet qui ne coûtait pas cher, un bébé arraché à sa vermine de mère – les gens voulaient le revendre – et aussi, quand même, une jeune femelle de qualité, qui m'a rapporté une petite somme. Un riche me l'a achetée.

– Hmm... Excusez-moi

Mr Harper venait d'arriver à leur hauteur. Le marchand devint aussitôt mielleux.

– Mon cher monsieur ! Vous voyez, c'est lui qui m'a acheté la femelle.

– Oui et je vous la rapporte.

– Pardon ?

– Je vous la rapporte ! Remboursez-moi et allez la vendre ailleurs !

– Mais pourquoi donc ?

– Elle ne travaille pas. Elle ne mange ni ne dort. De plus, elle a frappé un de mes meilleurs esclaves domestiques. Voyez vous-même.

– Ah ? Ne vous avais-je point dit qu'elle était très agressive ?

– Non. Vous aviez dit que c'était de la qualité parfaite. Vous m'avez arnaqué.

– Pas du tout, monsieur, pas du tout ! Avoir une esclave aussi belle suscite beaucoup de jalousie…

– Cela ne m'intéresse pas.

– Soit, soit. Pardonnez-moi. Je vais la reprendre et vous rembourser. Toutefois, nous tenons à garder le client satisfait. Voulez-vous que je vous propose un choix d'autres esclaves de qualité ?

– Oui, pour me faire payer une fortune, me donner un nègre inutile et vous enfuir comme un voleur ? Si vous tenez à me garder satisfait, ne me vendez plus rien.

– Oh, monsieur… Je dois gagner ma vie avec mes esclaves…

– Une vie, ça se mérite. Et ce n'est point comme ceci que vous l'aurez.

Mr Harper rejoignit son chariot et fit descendre la jeune Noire, qui semblait morte. En la voyant, l'homme à qui le marchand parlait gémit :

– C'est Christie !

– Comment ? Vous la connaissez ?

– Évidemment ! Qui ne la connaît pas ? C'est une diablesse, une meurtrière ! Mon pauvre fils âgé de huit ans et moi l'avions trouvée un jour, seule sur la route. Afin de l'aider, mon fils lui a proposé de monter dans notre carriole et lui a pris la main ! À peine l'avait-il touchée qu'elle l'a frappé, martelé de coups de pied et mis a terre avant de le faire tomber dans le ravin et de lancer un bloc rocheux sur lui ! Elle l'a tué ! Moi, quand j'ai voulu l'attraper, elle m'a décoché un violent coup de pied dans le ventre avant de s'enfuir à toutes jambes. C'était il y a deux ans.

– Mon dieu ! s'exclama Mr Harper, et elle a tué d'autres personnes ?

– Oh, oui ! Des tas ! Et avec des outils volés ou trouvés ! Mais j'ignore qui elle a assassiné. Marchand, où l'avez-vous dénichée ?

– Oh… Un homme me l'a donnée, il y a deux mois, à Chicago. Il est vrai qu'elle abîmait mes esclaves. Alors j'ai dû l'attacher encore plus solidement, et l'enfermer. Jusqu'à ce qu'elle finisse par manger et dormir…

– Si elle est si dangereuse, je vais la garder. Je vais l'enfermer et elle ne fera de mal à personne. J'ai quelques esclaves qui pourront très bien remplacer Pablo aux écuries.

– Oh ! s'exclama le marchand, mon cher monsieur ! Comment vous remercierai-je ?

– En me remboursant.

– Comment ? Mais...

– Je ne la prends pas en temps qu'esclave, mais pour vous rendre un service. Je ne vois point en quoi je devrais vous donner de l'argent.

– Merci, monsieur, dit l'autre homme. Marchand, qu'attendez-vous pour le rembourser ?

– Eh bien… Tout de suite !

Mr Harper, Pablo et Christie repartirent. Mr Harper enferma la jeune fille, qui mourut trois jours plus tard.

1942

Chloé relut une dernière fois le livre que Thomas lui avait prêté. Il était captivant. Il parlait du parcours d'une jeune Noire au XVIIIe siècle. Une meurtrière. Elle avait cru être libre et avait tué douze personnes. Chloé pleura et rit comme la première fois où ses yeux avaient défloré les pages de ce livre. Elle l'avait rouvert treize fois ensuite. C'était le seul moment, depuis que son père était à la guerre, où Chloé oubliait ses soucis. Elle se promit de remercier Thomas. Pourtant tout était de sa faute : c'est lui qui avait convaincu son père d'aller « aider son pays ». Chloé n'adressait plus la parole à Thomas désormais, elle le haïssait. Sans lui, elle ne passerait pas toutes ses nuits à pleurer, priant éperdument pour son père. Thomas l'avait supplié de l'écouter. Mais elle avait refusé. Il lui offrait des cadeaux afin de se faire pardonner. Chloé refusait. Jusqu'à ce qu'il lui donne ce livre sur la jeune Christie, surnommée « la criminelle noire ». Du coup, Chloé était allée le rendre à contrecœur, remerciant Thomas du bout des lèvres.

Trois mois plus tard, elle entendit du bruit la nuit.

– Les Allemands ?

– Chloé, cria sa mère, viens voir !

La jeune fille enfila ses pantoufles, mit une veste par-dessus son déshabillé et courut dehors. Sur le palier se trouvait l'homme qu'elle aimait le plus au monde, celui qu'elle avait pleuré tout en maudissant son ami Thomas.

– Papa !!!

Elle se jeta dans ses bras, ainsi que sa mère. Toutes deux étaient en larmes. Son père avait une jambe en moins, mais cela n'avait aucune importance : il revenait et ne repartirait plus. Jamais.

2001

– Taisez-vous, s'il vous plaît. Asseyez-vous.

– Oui, madame.

Comme chaque lundi matin, Mme Deville accueillait ses élèves de sixième D. Il y avait de tout, des filles, des garçons, des bons élèves, des cancres, des frimeurs, des réservés… Mme Deville replaça ses lunettes à monture d'écailles et prit un air sévère :

– J'ai consacré le cours d'aujourd'hui à l'étude d'un personnage. Ouvrez votre livre page 56.

Le bruissement du papier s'entendit dans toute la classe. Page 56, comme dans tout livre d'histoire, on trouvait des textes, des documents divers, des photos et des illustrations. Le titre était en haut de la page, écrit en gras : « La criminelle noire ». Mme Deville observa les enfants.

– Quelqu'un a-t-il déjà entendu parler de Christie, la criminelle noire ?

– Non, madame, répondit l'écho.

– Eh bien voilà l'occasion de la découvrir. Chloé Holer est une écrivaine. Elle n'écrit que sur l'esclavage au XVIIIe siècle car l'histoire de Christie l'a beaucoup touchée durant son enfance, ce point est précisé dans sa biographie. Elle invente des histoires, écrit des documentaires. Il y a un court extrait de l'un de ses livres page 57. Annie, tu veux bien lire, s'il te plaît ?

La fillette se racla la gorge et lut à voix haute :

« Suzy rentra très triste. Son esclave avait mis une fille au monde et était décédée juste après. Elle ne savait pas quoi faire. Elle aimait cette petite Noire. Suzy avait le choix : élever le bébé comme sa fille ou bien la vendre. Elle n'était pas cruelle. [...] La première personne tuée se nommait Ernestine Frankie, une riche propriétaire terrienne qui faisait tranquillement ses courses au marché en compagnie de son esclave : Anna. Après une erreur d'achat, celle-ci fut soudain fouettée par sa maîtresse sous les yeux de Christie. Traumatisée par l'assassinat de sa famille, la fillette errait depuis plusieurs jours à travers la campagne et arpentait les marchés... Du haut de ses neuf ans, elle bouscula violemment Ernestine.

– Eh ! Sale négresse ! Je vais t'apprendre à respecter tes supérieurs ! Où est ton maître ?

– Par là-bas !

Ernestine l'attrapa par le bras. Sans rien dire, Christie lui tordit la main et la plaqua au sol. Ernestine hurla. Des gens arrivèrent à la rescousse mais Christie avait volé une machette et frappé la femme à la tempe. Du sang jaillit. La petite négrillonne laissa tomber le cadavre d'Ernestine Frankie à terre et s'enfuit à toutes jambes, recherchant une seconde victime. [...]

Chloé Holer, *Douze pour deux*, 1965 »

Annie acheva sa lecture. Dans la classe, on entendait une mouche voler. Ce fut Mme Deville qui brisa ce silence.

– Merci, Annie. Je vous demanderai à tous de lire ce livre qui résume la vie de Christie. Quelqu'un sait-il pourquoi il s'appelle *Douze pour deux* ?

– Non, madame, répondit en chœur la classe.

– Alors je vais vous raconter l'histoire de Christie, que vous voyez ici en image.

– Elle était jolie, madame ! remarqua Tony.

– Oui, répondit le professeur en regardant le garçon d'un air triste. Bien. Comme vous avez étudié en CM2 le commerce triangulaire, vous savez tous qu'à une époque, les Noirs étaient esclaves. Aux États-Unis, dans les années 1820-1830, vivait une riche famille qui s'appelait la famille Fisher. Ils avaient une femme esclave qu'ils aimaient beaucoup, mais plus personne de nos jours ne connaît son prénom. Cette esclave noire eut une fille. Elle mourut en la mettant au monde. Les Fisher adoptèrent alors la petite fille et lui firent croire qu'elle était blanche. Ils l'appelèrent Christie. Toute sa petite enfance, Christie les crut. Elle ne se rendit pas compte de sa couleur de peau différente : elle était trop jeune. Un jour, alors qu'elle et sa jeune sœur adoptive se promenaient en ville, il se produisit un drame. On ne sait rien sur sa sœur. Mais, en rentrant à la maison, Christie découvrit les deux cadavres de ses parents assassinés par un inconnu. Elle en devint folle et prit la fuite, jurant sur le corps de son père et de sa mère que, pour les venger, elle tuerait douze personnes, d'où le titre du roman de Chloé Holer, *Douze pour deux*. Pour le reste de l'histoire, vous lirez. Copiez la leçon qui est au tableau, je vous prête le livre.

Après avoir copié la leçon sur la criminelle noire, les élèves poursuivirent leur lecture. Même ceux qui n'aimaient pas lire trouvaient cela passionnant. Chloé Holer avait un véritable talent. Elle racontait la tragique histoire de Christie d'un style vif, captivant auquel nul ne pouvait résister. Les textes étaient magnifiquement illustrés : des peintures, des sculptures, des photos. En introduction de chaque chapitre, on trouvait une petite note de l'auteur sur l'esclavage. En effet, Christie vécut seize ans et c'est à partir de neuf ans qu'elle devint violente, tua douze personnes et fit du mal à énormément de gens. Un jour, elle fut capturée par un marchand d'esclaves et achetée par un homme bienveillant. Elle frappa un de ses jeunes esclaves et fut rapportée au marchand. C'est alors que son bon maître apprit qui était Christie. Il la garda donc pour assurer la sécurité des gens. Elle finit ses jours là-bas. L'histoire plut tellement aux sixièmes D que Mme Deville leur prêta tous les autres livres de Chloé Holer sur l'esclavage. Au début de chaque cours d'histoire, ils présentaient par groupe des exposés sur l'esclavage des Noirs : Christie avait toujours droit à un paragraphe particulier.

Un matin, les élèves se présentèrent comme d'habitude dans la salle de classe. Les tables étaient poussées, des chaises étaient disposées en cercle autour d'un fauteuil moelleux. Mme Deville avait une bonne surprise pour les sixièmes D :

– Asseyez-vous tous sans poser de questions.

Intrigués, les élèves s'assirent et attendirent. Mme Deville alla ouvrir la porte. Une vieille femme en fauteuil roulant entra, inconnue de tous. Elle vint s'installer dans un fauteuil, aidée par Mme Deville.

– Je me présente, dit la vieille femme. Je m'appelle Chloé Holer.

Les élèves poussèrent des cris d'étonnement. Mme Deville, satisfaite de l'intérêt des sixièmes D pour l'esclavage, avait organisé pour eux cette rencontre avec l'auteure qu'ils admiraient tous ! Elle était exactement comme ils l'avaient imaginée, Mme Holer : pleine de fantaisie, racontant d'extraordinaires histoires sur l'esclavage et Christie. Ensuite, elle répondit à toutes leurs questions. Ils voulurent savoir comment elle s'était intéressée à cette jeune fille.

– Lors de mon enfance, pendant la guerre. J'avais douze ans et mon meilleur ami, décédé aujourd'hui, avait convaincu mon père d'aller défendre notre pays. Je me sentais triste et en colère. Pour se faire pardonner, mon ami m'avait offert un livre sur Christie. Je l'ai adoré et j'ai accepté ses excuses. Un jour, j'ai décidé de faire de la littérature mon métier. J'en remercie encore le ciel et la mémoire de mon père. Je trouvais ça vraiment prenant, une Noire qui se croit blanche, qui tue des gens et meurt après avoir frappé un jeune esclave…

Mme Holer prit un de ses livres qu'elle n'avait jamais publié et le lut jusqu'à la sonnerie. Ils se sentaient tout drôles en sortant du cours…

À l'intérieur, il restait encore un garçon, Alex. Il s'approcha de Mme Holer.

– Je voudrais être comme vous, lui chuchota-t-il.

– Eh bien, mon petit, dit Mme Holer en souriant, tu n'as plus qu'à fermer les yeux et à te laisser guider par l'Histoire.

Vingt ans après, Alex devenait historien.

Et l'histoire de la criminelle noire demeurait à jamais dans les mémoires.

ANNE-LAURE LESAGE

Attraction terrestre

On n'est pas sérieux quand on a quinze ans... Vous l'imaginez, je suis le cauchemar de mes parents. Impossible de me détourner de la lecture et de l'écriture ! Je m'appelle Anne-Laure, et avec Mathilde, ma jumelle, nous vivons sur la planète livres. Nous dévorons les romans jeunesse (Stephenie Meyer, bien sûr, mais aussi Pauline Alphen, Jacques Cassabois, PC et Kristin Cast et bien d'autres...) mais aussi les auteurs classiques (Balzac, Zola, Rostand, les sœurs Brontë, Jane Austen... La liste est encore longue !) ou d'autres plus récents comme Steinbeck, Boris Vian ou Milan Kundera. Et nous écrivons, depuis l'âge de dix ans, parfois à quatre mains et aussi, chacune de notre côté. Ah, j'oubliais : il arrive que Roxanne, ma petite sœur de onze ans entre dans le jeu. Vous l'aurez compris, l'écriture, c'est notre passion. C'est déjà un peu ma vie, ma source de joie, d'émotions, de plaisirs... Ma récréation dans un quotidien chargé, mais aussi ma façon de m'adresser aux autres, de leur transmettre un peu de moi-même, de mon univers et de mon regard sur le monde...
Si vous faites ma connaissance à travers ces quelques lignes, c'est grâce à ma sœur Mathilde. On se partage un ordinateur. Au printemps dernier, impossible pour nous deux d'écrire dans les délais nos nouvelles pour le prix Clara, alors elle s'est sacrifiée – normal, je suis l'aînée – et je me suis emparée du clavier. Je remercie donc ma monozygote, tout comme Clara, qui j'imagine aurait été une parfaite complice si j'avais eu le bonheur de la connaître. Enfin, je remercie aussi un peu Montesquieu et son regard perçant... J'ai pensé que de nos jours, avec la mondialisation, plus rien ne surprend vraiment le visiteur, qu'il débarque d'Ispahan ou d'ailleurs. Aujourd'hui, seul un extraterrestre pourrait porter un regard pertinent sur nos contemporains. Voilà comment j'ai basculé dans la science-fiction, qui n'est pas du tout mon univers de prédilection, pour vous dire un peu comment je nous vois vivre...

Prologue

« Il était une fois » : n'est-ce pas ainsi que les humains commençaient leurs contes, autrefois ?

Des contes de fées, de farfadets ou de sorcières qui leur permettaient de s'évader de leur quotidien routinier ou sombre… Du moins, c'est ce que je présumais. Les habitants de la Terre, je les imaginais toujours rustres, malheureux et destructeurs. On parlait toujours d'eux en ces termes, sur notre planète.

– N° 222 ! Vous vous égarez ! me rappela à l'ordre mon professeur, un des meilleurs anthropologues de Weveria.

– Excusez mon absence, maître, répondis-je. Mes pensées ont contre mon gré dévié de votre noble harangue.

Comme il en avait l'habitude, mon professeur eut une légère quinte de toux, signifiant que l'incident était clos :

– N° 222 ?

– Oui ?

– Pouvez-vous m'énumérer les principales monstruosités propres à l'espèce humaine ?

Je lui obéis, récitant machinalement :

– L'hypocrisie, la jalousie, la haine…

– Non, non ! grogna mon instituteur. Je ne vous demande pas les valeurs, je vous demande les atrocités, les actes dont sont capables ces barbares !

La haine, la jalousie et même l'hypocrisie n'étaient pour moi que des termes abstraits, dénués de sens. Hésitante, je tentai une autre réponse :

– Les moqueries, les vols, les blessures physiques, les meurtres...

– Vous êtes bien loin du compte, n° 222 ! Que faites-vous de l'autodestruction de leur habitat ? Du quasi-suicide qu'ils s'infligent sans penser à leur futur ! Je crains malheureusement que l'étude du comportement humain ne soit pas votre vocation. Pourtant, vous excellez dans l'étude de leurs langues... Quelles options avez-vous choisies, déjà ?

– L'anglais, l'espagnol, le français...

– Ah, oui, le français...

Mon professeur demeura pensif quelques secondes :

– Le conseil de Weveria souhaiterait que vous vous joigniez à eux, en cette fin de journée. Leur feriez-vous ce plaisir ?

Je marquai un temps, abasourdie par cette requête. Le conseil de Weveria était une réunion privée à laquelle seuls les individus les plus qualifiés étaient conviés. Personne ne savait ce qu'ils faisaient lors de ces réunions, mais les Weveriens accordaient un certain *prestige* à ces quelques personnes. Je ne suis pas sûre que cela soit le bon mot mais il s'agissait en tout cas bien plus que du respect auquel chacun avait droit sur cette planète. En fait, les rares chanceux qui avaient le privilège de se rassembler lors de ce conseil paraissaient détenir un savoir précieux, aussi mystérieux qu'effrayant.

– Bien sûr, finis-je néanmoins par répondre.

Il me semble que j'avais accepté contre mon gré. Ou du moins, c'est ce dont je me souviens car à cette époque, je n'avais encore pas eu l'occasion d'exercer mon esprit critique... À Weveria, chacun se devait d'accepter avec gaîté les offres de son prochain. En somme, nous flottions dans une sorte d'harmonie inconsciente, n'ayant connu que cela.

– Bien, ce sera tout. Vous pouvez partir, me congédia mon instructeur.

– Au revoir, maître, articulai-je en sortant de la salle de classe.

– N° 222, attendez… Il me semble que dorénavant, vous pouvez m'appeler n° 21…

N'étant pas habituée à une telle familiarité, je ne me résolus pas à prononcer son nom qu'il avait perdu en devenant instituteur. Je m'interrogeais encore sur la signification de ses paroles quand je quittais la pièce, de sorte que j'entendis à peine ses derniers mots, prononcés d'un ton empathique :

– Bonne chance ! Vous en avez plus besoin que quiconque d'entre nous, désormais.

1
Le conseil

Je longeai le bâtiment d'étude pour me diriger vers celui de l'administration. Une froide bâtisse de pierre, aux sols de marbre et aux tapisseries synthétiques classiques. J'hésitai sur le seuil, ne sachant comment je devais me présenter à l'assemblée, quand une aimable personne s'avança à ma rencontre :

– N° 222 ? demanda-t-elle en lisant l'insigne dessiné sur mon badge.

Sur notre planète, chaque individu a le même aspect physique. Du moins, selon son sexe. Les femelles sont minces et d'allure effilée, leurs mains sont fines avec des ongles plus soignés et arrondis que ceux des mâles. Ces derniers ont une physionomie plus imposante, des épaules carrées, des mains un peu poilues comme leurs jambes. Sinon, nous sommes tous de la même taille, avons la même peau claire et les mêmes cheveux sombres. Quant à nos yeux, ils sont constitués d'une sorte d'aura aussi lumineuse que notre peau et cernés d'un fin trait foncé. Nos physionomies identiques ne nous permettant pas de nous reconnaître, chaque Weverien porte sur lui une inscription indiquant son numéro.

– Vous êtes attendue. Prenez la première porte sur votre gauche.

Je remerciai mon concitoyen d'un hochement de tête et pénétrai dans le long couloir.

– Bonsoir ! s'exclamèrent poliment les membres de l'assemblée tandis que je prenais place auprès d'eux.

Ils attendirent que je me fusse assise avant de commencer :

– N° 222... Je suis absolument certain que vous mesurez les capacités intellectuelles et morales requises pour participer activement à un débat comme celui qui va suivre, entama un mâle, qui, à première vue, dirigeait l'assemblée. Je tiens juste à préciser que dorénavant toute décision prise par vous ou n'importe quel individu de l'assemblée sera irrévocable. Me suis-je bien fait comprendre ?

L'individu me fixait de ses yeux globuleux, attendant qu'une réponse ou même de simples effluves sonores activent mes cordes vocales. Cependant, aucun son ne sortit de ma bouche. Pour la première fois de ma vie, j'avais peur. Voilà qu'on me parlait de faire des choix, qui plus est, des choix irrévocables, moi qui n'avais jamais pris la moindre décision.

– Est-ce assez clair, 222 ? Dois-je clarifier certains points pour soulager vos connexions neuronales ? vitupéra le même personnage.

– Non, ne vous donnez pas cette peine, répondis-je, piquée au vif.

Une fureur noua mon estomac.

– Bien, soupira le même individu de sa voix gutturale. Cela est rassurant. Je te laisse la parole, 23 !

Quelle insolence d'enlever la particule de politesse « n° », et ce n'était pas la première fois ! Je restai muette, le regard fixé sur n° 23.

– N° 222, m'interpella-t-il quelques secondes plus tard. Il me semble que vous n'êtes pas sans savoir que la Terre va mal. Les nombreux cours auxquels vous assistez depuis... depuis toujours en fait... Vous les avez suivis depuis notre création à tous, n'est-ce pas ?

– Oui.

N° 23 se racla une nouvelle fois la gorge :

– Ces cours vous ont permis d'apprendre beaucoup de choses sur les mœurs terrestres et la... Vie sur Terre.

Il fit une pause. La Vie... Pour lui, comme pour moi, cela semblait n'être qu'un terme flou.

– Allez droit au but, 23 ! reprit l'individu de tout à l'heure.

– Vous savez, comme tous ici d'ailleurs, que la Terre ne sera bientôt plus à cause de l'autodestruction que s'infligent les Terriens. Plusieurs rapports permettent d'affirmer que la race humaine souhaite conquérir une nouvelle planète sur laquelle ils trouveraient les éléments nécessaires à leur existence, dont, notamment, l'eau, enchaîna n° 23 en me faisant passer un dossier sur la table.

C'étaient des images de vaisseaux spatiaux terrestres. Des « satellites », comme ils appellent leurs espions. Des fusées ou même d'autres sortes de machines compliquées ne répondant qu'aux ordres des humains. Je relevai les yeux sur mon interlocuteur, souhaitant savoir où il voulait en venir.

– Nous avons de très fortes raisons de penser qu'ils s'attaqueront à notre habitat, souligna-t-il.

– 222 ! reprit le personnage insolent qui trônait à l'autre bout de la table. La question est : pensez-vous que nous devrions détruire la Terre ? Avant qu'ils ne nous détruisent, murmura-t-il pour lui-même. La décision qu'il vous incombera de prendre sera irrévocable, martela-t-il encore.

Il semblait avoir une certaine malice à diriger de la sorte son assemblée mais cela ne changeait rien pour moi. J'avais un choix à faire, et je sentis la pièce vaciller autour de moi. C'était inhabituel.

– Je ne peux vous donner une réponse dans l'immédiat, déclarai-je d'une voix hésitante, une telle décision ne peut être prise en un laps de temps aussi court et sans avoir au préalable étudié la question sous toutes ses formes...

– C'est pourquoi vous ferez des études préalables, expliqua le chef de la réunion, en envoyant des comptes rendus sur divers thèmes...

Une femelle me tendit une liste de mots abstraits que je devais dans quelque temps être en mesure de définir : « couleurs, mode, différences, malheur, injustice, amour, vie, mort... ».

– À la fin de votre voyage, vous serez en mesure de nous dire si oui ou non la Terre et les Terriens méritent leur place dans l'Univers !

– Vous êtes la plus qualifiée pour ce travail, insista n° 23 en souriant.

Ma peur de ne pas être à la hauteur de ma tâche dut se lire sur mon visage. Soudain la voix gutturale à laquelle je commençais juste à m'habituer tonna :

– C'est la première fois que nous envoyons quelqu'un sur Terre. Nous espérons que vous reviendrez intacte. Maintenant, partez ! Et faites bon voyage !

2
L'arrivée dans le monde des couleurs

Installée dans une sorte de compartiment étroit, j'égrenais les secondes dans un état de fébrilité extrême. L'intégralité de mon voyage était pourtant programmée, je n'avais plus qu'à exécuter la mission qui m'avait été confiée. Sauf que ce jour-là, c'était différent, la peur de m'aventurer dans l'inconnu me tenaillait, je renouais sans cesse les pans de ma toge.

– Vous atterrirez en France, me répéta n° 23. Vous parlerez donc français avec les Terriens...

– Vous n'avez pas oublié votre carnet ? me demanda un autre membre du conseil. Levez-vous, il est temps d'y aller.

Une fois franchi le sas de la capsule weverienne, je me retournai pour contempler une dernière fois ma planète. Brusquement, la porte se referma, me laissant seule dans le véhicule, abandonnée à l'immensité de ma tâche.

En sortant de ma capsule, je fus aveuglée sur-le-champ. Une sensation effrayante, chaude, pénétrante qui persistait même derrière mes paupières. Je fus déçue, pourtant, de voir que la chose s'atténuait derrière leur voilage et ne les entrouvris que très prudemment. Le sol avait quelque chose de granuleux sous mes pieds. Il était mou et composé de milliers de points indissociables. J'en pris une poignée et l'inspectai de plus près. Hormis cette oppressante lueur inconnue, il était semblable à du sable. Je marchais sur du sable. Je m'enfermai dans cette certitude en essayant maintenant de comprendre en quoi il était si différent. Quel était ce phénomène qui se superposait à lui ? Quant à mes mains, elles présentaient les mêmes symptômes anormaux... Paniquée, je tentai de me rappeler les quelques notions théoriques que l'on m'avait enseignées à Weveria. On m'avait parlé d'une sorte de perception propre à l'humanité. Quelque chose qui donnait une autre apparence aux objets, une vertu essentiellement optique que résumait un mot neutre : l'esthétique. Même si ces notions m'étaient encore étrangères, je réussis à mettre un mot sur cette étrange lueur. C'est ainsi que je fis la découverte des couleurs.

Je marchai sur le sable des heures durant avant de rencontrer des Humains. Les couleurs me faisaient tellement mal aux yeux qu'un violent mal de tête m'assaillit. Comme si mon état n'était pas assez alarmant, d'épouvantables boursouflures apparurent par endroits sur ma peau. Je me consolai en apercevant une étendue d'eau qui se profilait à l'horizon – elle allait apaiser ma soif – puis m'arrêtai soudain net dans mon élan, apercevant des individus installés à une dizaine de mètres sur le sable. Je fus étonnée car ils se ressemblaient tout en étant très différents. Quel pouvait bien être le véritable humain parmi tous ces individus ? Qu'allaient-ils penser de moi, lorsque je m'avancerais à leur rencontre ? J'avais le devoir de communiquer avec eux, ne serait-ce que pour mon rapport. Je marchai donc vers le premier être vivant paisiblement allongé sur un fin tissu aux étranges motifs, intriguée par sa manière de se vêtir, extrêmement légère. La créature leva les yeux vers moi :

– Oui ?

Un son saccadé et incompréhensible émana d'elle, sa bouche se tordit d'un drôle de rictus.

– Ma pauvre fille, continua-t-elle, comment êtes-vous habillée ? On dirait un costume tout droit sorti de la Rome antique !

Et elle repartit dans ses éclats de gaîté sans parole. Elle riait. Son attitude me plut, je suivis mon intuition et esquissai un sourire.

« Voilà une chose que je n'avais jamais faite à Weveria », m'émerveillai-je, *in petto*. Pourtant ma joie fut de courte durée, elle m'apostropha :

– Alors, qu'est-ce que tu veux ?

Elle souleva les binocles qui recouvraient ses yeux et hurla :

– Oh mon Dieu ! Tu... Tu as les yeux blancs !

Ses braillements indéchiffrables me figèrent sur place. La créature ramassa négligemment ses affaires et s'enfuit en courant en direction de l'eau où elle interpella d'autres individus d'apparence plus menue et de plus petite taille :

– Allez, les enfants, on rentre !

Ensemble, ils s'éloignèrent et quittèrent la place.

Je renonçai à les suivre, ne souhaitant pas les effrayer davantage. Quel caractère étrange avaient ces êtres ! Je décidai de m'accorder une pause dans ma mission et, attirée par l'immense étendue d'eau, bus une gorgée que je recrachai aussitôt. Elle avait un goût désagréable en bouche, une sensation amère et âcre...

Je finis par m'asseoir sur le sable et attendis. Sans but. Si seulement une autre navette weverienne pouvait se poser à mes côtés sur le sable et me ramener à mes origines ! Je n'avais rien à faire ici. J'espérais que mes concitoyens weveriens finiraient par s'en rendre compte.

Les Terriens quittèrent les lieux au fur et à mesure que le paysage s'assombrissait, chacun prenant le soin de me contourner ou de passer le plus loin possible de moi. Pourtant, ils me voyaient, je le savais. Certains fixaient même ostensiblement mes yeux. « Des yeux blancs », avait dit la femme tout à l'heure. Et alors ? Qu'est-ce que ça pouvait leur faire ? Si eux n'avaient pas les yeux « blancs », ils ne les avaient pas d'une couleur uniforme pour autant. En effet, certains brillaient d'une lueur chaude et fluide semblable à la couleur sombre de mes cheveux. D'autres avaient des yeux qui reflétaient la couleur de l'eau ou du ciel, évoquant une idée de douceur. Enfin... pourquoi ne toléraient-ils pas mes yeux, puisque j'avais toléré les leurs dès mon arrivée sur cette planète ? En quoi se différenciaient mes organes des leurs ? Pourquoi la couleur semait-elle dans les esprits la notion d'« acceptable » et d'« inacceptable », de « tolérance » et d'« intolérance », de « normalité » ou d'« anormalité » ? De quel droit se permettaient-ils de classer les gens en fonction leur physionomie ? Je sanglotai pour la première fois. Je n'étais pas préparée à tant de bouleversements.

Un bruit mat et chuintant me tira de mes pensées. Un véhicule typiquement humain auquel je réussis à attribuer le nom de « voiture » en faisant appel à ma connaissance des nouvelles technologies humaines. Il se gara à l'embouchure du terrain sablonneux. Des individus en sortirent avec des sacs plastifiés et des ustensiles de bois dont je ne compris pas l'utilité. En fait, ils ramassaient divers déchets laissés par les badauds venus se baigner pendant la journée. Pendant qu'ils s'activaient, je restai assise sur le sable, bien décidée à ne plus adresser la parole à ces créatures sectaires. Une femme au teint hâlé s'approcha de moi, indifférente, semblait-il, aux cloques qui brûlaient ma peau ou à mes yeux « blancs ».

– Bonjour mademoiselle !

Je fus flattée du titre, sa voix était calme, mélodieuse.

– Nous vous serions très reconnaissants si vous nous laissiez cette partie de la plage quelques instants, elle a été très fréquentée aujourd'hui et nous aimerions la nettoyer rapidement...

Je ne trouvais pas déraisonnable de m'éloigner et de laisser ces gens s'activer mais j'avais très envie de rester avec cette femme que mon apparence ne démontait pas.

– Je me suis perdue, bredouillai-je.

La femme me regarda avec compassion :

– D'où venez-vous ?

Je me sentis piégée. « De Nulle Part » avais-je envie de dire, découvrant une attitude nouvelle : le sarcasme. Je finis par désigner du doigt l'emplacement où j'avais atterri. La femme ne parut pas trop comprendre mais n'eut pas l'impolitesse de se renseigner davantage.

– Voulez-vous rejoindre notre association de bénévoles pour nettoyer la plage ?

J'acquiesçai sans trop savoir dans quelle galère j'embarquais. L'humaine m'adressa un sourire chaleureux et m'aida à me relever.

– Viens, tu vas nous aider. Je vais aussi aller te chercher une crème après-soleil dans la voiture... Tu m'as l'air d'avoir pris énormément de coups, c'est pas joli-joli, tout ça !

J'étais rassurée par sa présence. J'ai toujours eu besoin d'être accompagnée dans mes actes et n'appréciais pas encore assez la solitude pour décliner ses propositions.

3
JULIE ET SON ENSEIGNEMENT

J'AVAIS AIDÉ L'ÉQUIPE DE NETTOYAGE du mieux que je le pouvais. La femme qui m'avait abordée m'avait demandé mon nom et avait à peine levé un sourcil quand je lui répondis par mon numéro : 222. S'interrogeant sans doute sur mon identité, elle ne se laissait pas envahir par la curiosité ou l'intolérance. Elle s'appelait Julie et m'apprit à reconnaître les couleurs car selon elle, j'étais daltonienne. Je ne voyais pas les bonnes couleurs. Cette discussion avait débuté quand je lui avais demandé si la mer était « blanche ». Je désirais mettre un mot sur chaque lueur. Mon souhait fut entièrement assouvi. Mais Julie dut rapidement quitter la plage. En effet, l'obscurité masquait peu à peu le paysage. Je la regardai donc s'éloigner avec regret et passai la nuit étendue sur le sable. Une faim atroce, neuve, me tenaillait le ventre, je dormis peu. Le lendemain, je ne fis pas attention aux humains qui vinrent se baigner. Et, le soir, je faillis ne pas reconnaître la voiture qui se garait à quelques mètres de moi. Le bruit du moteur, heureusement, me tira de mes pensées, des humains s'affairaient déjà à retirer les détritus du sable. La femme qui m'avait accostée la veille vint vers moi, un sourire amical aux lèvres :

– Bonsoir ! Tu veux encore nous aider, comme hier ?

J'acquiesçai, joyeuse de la revoir. J'avais soif et l'étendue d'eau qui se trouvait devant moi me le rappelait à chaque instant, à la manière d'un ami traître. Souvent, j'avais été tentée de venir m'abreuver à cette eau salée, mais avais aussitôt tout recraché. Cette eau-là n'épanchait nulle soif. Bien au contraire, le sel qu'elle contenait déshydratait.

Julie me détailla :

– Tu as dormi ici ?

J'acquiesçai.

– Tu n'as pas d'autre endroit où passer la nuit ?

Je hochai négativement la tête.

– Je partage un appartement avec mon frère, mais comme il s'est absenté pour la semaine, tu peux venir loger chez moi quelque temps… Sa chambre est vacante.

Être le destinataire d'une action altruiste était un privilège sur cette planète, l'aide n'allait pas de soi. Il existait un mot censé récompenser l'individu de sa si soudaine bienveillance :

– Merci.

Par ce mot unique, je scellai mon destin.

Après avoir ramassé les objets hétéroclites laissés par les touristes sans scrupule qui s'étaient prélassés sur la plage, nous quittâmes les lieux, le soleil avait décliné, faisant place à un nouvel astre inconnu, une sphère dont la clarté était voilée et la luminosité limitée. Étrange constellation… Julie m'entraîna jusqu'au lieu qu'elle appelait familièrement « chez elle ». Cette notion de propriété était nouvelle pour moi et je me demandai d'après quel principe Julie possédait l'appartement.

– Ça t'a plu ? me demanda l'humaine en mastiquant quelques bouchées d'une substance rebondie et entortillée.

L'ambiance était un peu embarrassée. Je hochais la tête en repensant aux quelques bons instants que j'avais passés avec elle, sur la plage.

– Tu ne manges pas ? s'étonna-t-elle, le regard fixé sur mon assiette – restée intacte.

Inutile de lui dire que la « nourriture » que je connaissais était concentrée dans un liquide incolore, inodore et dépourvu de goût, que j'avais l'habitude d'injecter dans mon corps par intraveineuses. Quelle était donc cette manière de « manger » par la bouche en s'imprégnant du goût des aliments? Malgré la faim qui me tenaillait, je n'étais pas prête encore pour cette expérience.

– Tu es la seule personne que je connaisse à ne pas aimer les pâtes, m'avoua-t-elle sans se départir de son sérieux.

Et soudain, elle se mit à rire, m'entraînant dans un irrésistible accès de gaîté. Je ne cherchais plus à comprendre, seulement à passer du bon temps. À la fin du repas, Julie mit de la « musique ». Un son fluide et rythmé sortit des écouteurs dispersés à différents endroits de la pièce. Je souris distraitement, imaginant ce que pouvait raconter ce morceau empreint de tristesse, aux connotations tragiques, pesantes. Ce morceau me parlait, m'hypnotisait.

– Tu aimes la musique classique? s'étonna Julie.

– Oui.

– Tu dois être la seule personne que je connaisse à aimer ça. À part peut-être mon frère...

– Il y a d'autres musiques?

– Bien sûr! Le hip-hop, le jazz, le rock, le R'n'B, sans oublier le rap.

– Tous ces gens ont d'étranges prénoms.

Elle s'esclaffa.

– Tu es vraiment une originale! Au fait, quel âge as-tu?

Je la dévisageai, interdite.

– Tu ne veux pas me le dire? C'est fou ce que les gens s'offusquent de leur statut... C'est vrai, quand on pense à tous ces gens qui se font de la chirurgie esthétique pour cacher leurs cernes et leurs rides... Tout ça pour paraître plus jeune! C'est vraiment... idiot! Chacun est ce qu'il est et ne doit pas avoir honte des effets du temps!

D'autant que c'est une chance de devenir vieux... Ce n'est pas donné à tout le monde.

Le regard perdu dans le vide, elle reprit en souriant :

– Je ne sais pas pourquoi je te raconte tout ça. Désolée. En plus, ça ne te concerne pas... Tu dois avoir à peine vingt ans. D'ailleurs, je me demande pourquoi tu cherches à le cacher. Moi, j'en ai vingt-trois.

Je me dirigeai vers un ouvrage posé sur la commode près du buffet.

– Si tu as un peu de temps à perdre, je te le conseille, me lança Julie, tout sourire.

Puis elle se leva :

– Je vais me coucher. Ta chambre est juste à droite. Bon... Je te laisse avec Beethoven. Bonne nuit !

Elle quitta la pièce. Je restai donc seule devant un livre au titre prometteur : *L'Insoutenable Légèreté de l'être*. Il se révéla pour moi d'une complexité dévastatrice.

4
Les humains et la mode

Je lus une bonne partie de la nuit avant de finalement interrompre cette activité si futile pour aller me coucher. Malgré ma fatigue, je ne fermai pas l'œil de la nuit. L'histoire de Milan Kundera, cet auteur tchèque, me troublait. Ou plutôt, mon incapacité à démystifier le sens de tous ces mots. Je m'étais donc levée plusieurs fois, ne supportant plus de rester inerte sur le matelas, et avais bu de l'eau et attendu le réveil de Julie dans un ennui notoire. Quelle ne fut pas ma déception quand j'appris qu'elle devait s'absenter et me laissait – non sans hésitation – seule dans son appartement pour la journée.

Elle devait effectivement travailler. Le sens de cette obligation m'échappait. Julie m'installa devant son poste de « télévision », un engin rectangulaire qui déversait à longueur de temps une multitude d'images. Très vite, j'éprouvai une addiction pour cet outil. J'absorbai les images, fascinée par les capacités de cette machine.

Les programmes s'enchaînèrent gratuitement mais quelques scènes finirent par être intelligibles. Je vis de surprenantes femmes filiformes se déhancher ostensiblement sur une estrade, les formes de leurs corps vulgairement dévoilées. Le poste, certainement dans un élan de sollicitude et de bonté, m'expliqua :

« Le défilé qui s'est déroulé aujourd'hui, à Paris, a donné suite à la polémique. En effet, l'anorexie chez les mannequins, pourtant pas nouvelle, a été l'objet de débats et d'interviews. Outre les tendances fruitées de l'été et le retour des couleurs tannées, les spectateurs n'ont pas apprécié l'événement et remettent en question la sous-alimentation des modèles… »

À la suite de cela, un reportage sur les régimes, la chirurgie et les nouvelles tendances vestimentaires. J'aperçus une femme à la forte poitrine et aux lourdes jambes se regarder dans le miroir. Elle commentait :

« Les gens autour de moi n'arrêtent pas de me tancer… Je suis soi-disant beaucoup trop grosse et j'ai des cuisses trop épaisses. Cela fait des années que j'essaie de perdre du poids mais ça ne marche pas ! »

Un médecin vanta alors les mérites de divers produits testés en laboratoire dont les effets inscrits sur la notice étaient bien supérieurs à ceux produits dans la réalité.

Fixant l'écran, je repensai à cette femme qui avait été terrifiée par la couleur de mes yeux, il y avait seulement deux jours. Avais-je été, moi aussi – à l'instar de l'humaine captive de mon poste de télévision – victime de mon apparence ? Le jugement physique était-il intrinsèque à l'humanité ?

Soudain, un passage du livre de Milan Kundera s'éclaircit : un des personnages, Tereza, avait longtemps contemplé son reflet dans le miroir, pensant se retrouver face à son âme. Le corps était-il l'exacte apparence de l'âme ? Ou l'âme était-elle inintelligible pour le regard ?

À partir de cette dernière hypothèse qui me paraissait la plus cohérente, quel jugement – si jugement il y a – devait-on adopter ? Celui du corps ou celui de l'âme ?

À Weveria, les habitants se ressemblaient tous, de sorte que nul individu n'avait à se comparer aux autres. Mais ici, compte tenu de toutes les dissemblances de l'espèce humaine, devait-on décider d'une norme, de caractères « idéaux » et stigmatiser d'autres formes bien moins flatteuses ? C'est en tout cas ce que les terrestres avaient instauré, peut-être inconsciemment, depuis des siècles. Et cet acte me paraissait blâmable, ignoble de sectarisme. Je repensai à cette femme dans le poste et à toutes les autres qui ne présentaient pas les traits édictés par la norme et ressentis un sentiment d'injustice.

5
Les différences

Le lendemain, Julie voulut à nouveau me laisser seule dans l'appartement. Puis, prenant conscience de ma solitude et de mon ennui, elle se ravisa :

– Je pourrais t'emmener voir ma petite sœur. Ça lui ferait plaisir de recevoir de la visite…

J'avalai une bouchée de lasagnes – je m'étais finalement convertie à la nourriture humaine et ne le regrettais pas car c'était délicieux et apaisait mon estomac :

– Où habite-t-elle ?

Julie parut soucieuse :

– À l'hôpital.

Elle s'attendait probablement à une réaction de ma part et fut surprise de mon indifférence. Après tout, je ne savais absolument pas ce qu'était un hôpital, elle aurait aussi bien pu me répondre dans un igloo ou dans une yourte que ça n'aurait rien changé. Son mode de vie m'était étranger.

– Elle est malade mais n'aime pas en parler, ajouta-t-elle. Elle s'appelle Elsa et elle a onze ans.

Julie prit mon silence pour de la peur :

– Sa maladie n'est pas contagieuse. Elle a une leucémie…

Sa voix se brisa, elle paraissait contenir ses larmes.

– Les médecins disent qu'elle n'en a plus pour longtemps.

Je ne savais que faire. Puis je repensai au docteur qui s'occupait des régimes et dont les soins étaient parfois inefficaces.

– Ils n'ont peut-être pas raison, dis-je timidement.

Julie m'intima de la suivre d'un geste de la main :

– Viens.

Je montai dans le camion et observai les paysages urbains à travers la vitre. Des murs délabrés, des vieux appartements aux façades grisâtres et aux inscriptions incompréhensibles défilèrent puis nous ralentîmes devant un grand immeuble aux murs blancs et à la toiture plate, qui m'inspira confiance. Julie se gara et m'indiqua :

– C'est ici.

Je détachai ma ceinture et la suivis jusqu'à l'entrée du bâtiment. Là, Julie se dirigea vers une femme qui revêtait une blouse blanche, un sourire chaleureux aux lèvres. « Rebecca Lambert, infirmière » pus-je lire sur son badge.

– Elsa vous attend, nous expliqua-t-elle dès que nous arrivâmes à sa hauteur.

Puis nous empruntâmes l'escalier et disparûmes derrière un long couloir.

– Julie ! s'exclama une voix mélodieuse lorsque nous pénétrâmes dans une des chambres.

– Bonjour Elsa ! Je t'ai amené une amie, aujourd'hui !

La fillette leva sur moi des yeux scrutateurs.

– Tu t'appelles comment ?

Je marquai un temps avant d'éluder :

– Hum… Comment me nommerais-tu, si tu avais à choisir ?

– Aspasie ! répondit-elle après quelque temps de réflexion.

– Elsa ! la rabroua Julie. Je t'avais dit de ralentir tes ardeurs en ce qui concernait l'antiquité et la mythologie ! Ne me dis pas que tu as encore passé ta nuit à lire !

La jeune fille baissa la tête, penaude.

– D'accord, *mea culpa*, mais j'étais vraiment prise par la lecture d'un livre épatant, et puis, il ne me restait que quelques chapitres, je ne pouvais pas m'arrêter!

Puis elle se tourna vers moi:

– Aspasie était une métèque qui habitait à Athènes au cinquième siècle avant Jésus Christ. Elle était très appréciée et nombre de philosophes venaient la voir. D'ailleurs, elle a eu un fils avec Périclès…

Julie interrompit son récit:

– Elsa, je vais devoir aller travailler, Maman devrait venir te voir en fin de matinée et je repasserai ce soir…

– Et Aspasie? Elle reste là?

– Oui. Elle repartira avec moi ce soir.

– D'accord, acquiesça la jeune fille.

– Elsa, tu es sûre que ça ne t'embête pas? demanda Julie, hésitante sur le seuil de la porte.

– Absolument pas, répondit la passionnée de mythologie.

– Tout va bien?

– Oui-oui, chantonna Elsa.

– Bon, alors à ce soir…

Sur ces mots, Julie quitta la pièce. Une fois que le martèlement de ses pas ne fut plus qu'un murmure inaudible depuis le couloir, Elsa me confia:

– Ma sœur s'inquiète trop pour moi.

Comme je ne répondais rien, elle me dit:

– Tu peux t'asseoir, tu sais? Je ne vais pas te manger.

Je m'installai près d'elle, sur une petite chaise destinée aux visiteurs.

– On joue au jeu des vingt questions?

– Qu'est-ce que c'est?

– Un jeu où l'on doit se poser tour à tour vingt questions. C'est pour apprendre à se connaître. Et on est obligé de dire la vérité.

– D'accord.

Elle commença :

– Qu'est-ce que tu aimes faire dans la vie ?

– Lire, bredouillai-je.

– Moi aussi ! s'exclama-t-elle.

Elle allait ajouter quelque chose mais se ravisa :

– À toi de me poser une question.

– Quelle est ton activité favorite ?

– La lecture, je crois que tu l'avais deviné. Quoique tout bien réfléchi, je placerais l'écriture *ex æquo*… À moi de te poser une question ! Qu'est-ce que tu fais dans la vie ?

– Je… J'observe les gens.

– Ah bon ? Tu es psychologue ou anthropologue ? Ou… Quelque chose comme ça ?

– Non. Je dois écrire un rapport sur l'humanité.

Elle me dévisagea curieusement et je poursuivis :

– À moi de te poser une question : quelle est ta couleur préférée ?

– Je ne sais pas… Ça dépend de mes humeurs. Aujourd'hui, je dirais le bleu, ou le turquoise.

– Pourquoi ?

– Bonne question. Enfin, non ! Question idiote ! s'emporta-t-elle. On s'en fiche, non ? Le turquoise est la couleur qui me passe par la tête en ce moment, c'est tout. À moi, qu'est-ce que tu faisais avant de rédiger tes mystérieux rapports ?

J'hésitai avant de prendre la parole puis me rappelai la règle du jeu. J'étais obligée de répondre.

– Avant, lui expliquai-je, j'étais sur une autre planète, à Weveria. C'était un monde merveilleux. On était tous les mêmes, tous ensemble et on faisait tous les mêmes choses…

Je m'arrêtai, comprenant soudainement que le mot merveilleux n'était pas adapté. Pour la première fois, mon monde me fit peur.

Tous les mêmes, tous ensemble, tous les mêmes choses. J'eus le vertige.

– Et puis on m'a envoyée ici afin que je rédige mon rapport sur cette planète. Je devrais bientôt être capable de dire s'il faut ou non détruire la Terre. Si ses habitants sont une menace pour l'Univers ou si, au contraire, nous devons les laisser tranquilles, malgré leurs erreurs...

– Waouh! me coupa Elsa. T'es vraiment bizarre, toi!

Puis elle murmura sur un ton de confidence:

– Si tu veux mon avis, *errare humanum est!* Et il vaut mieux ne pas combattre la fatalité, mais essayer d'améliorer ce qui peut l'être.

Je restai coite. Puis Elsa sourit avant de m'annoncer:

– Je suis épicurienne. *Carpe diem*, c'est ma devise. Et je crois que toi aussi, tu devrais l'appliquer. Laisse tomber ton rapport et profite du jour présent.

Elsa m'avait raconté avec pudeur et retenue comment se déroulaient ses journées, ses soins médicaux. Je lui en fus reconnaissante car je ne comprenais pas bien ce qu'elle me disait. Maladie, hôpital, médicament, étaient des mots trop nouveaux pour moi. Elsa me parla donc de sa sœur, de son frère, de ses parents, et même de son chien qu'elle avait, non sans ambition, appelé Parménide. Elle me parla du temps où elle allait encore à l'école et où elle n'arrêtait pas de faire de mauvais tours à son frère en débranchant son réveil et en cachant certaines de ses affaires, et tout cela dans le but de se venger de ses fêtes intempestives avec ses amis, dans leur appartement. Puis elle me commenta longuement ses écrits préférés en me les recommandant vivement lorsqu'elle voyait que je ne connaissais pas les titres. *Les Hauts de Hurlevent*, *Hamlet*, *Les Fourberies de Scapin*, *L'Iliade* et *L'Odyssée* faisaient partie des « incontournables », une liste de livres dont elle se délectait à chaque relecture. La mère d'Elsa était venue, comme nous l'avait annoncé Julie, en toute fin de matinée et était restée bavarder avec nous de longs moments avant de repartir. Puis, Julie avait fait irruption dans la chambre, nous arrêtant net dans notre discussion proustienne et nous rappelant tristement qu'il était temps pour moi de repartir.

Des souvenirs plein la tête, je me laissais aller contre le tissu rugueux de la ceinture de sécurité et contemplais fixement le paysage à travers la vitre.

– Alors comme ça, tu veux retourner voir ma sœur demain ?

J'acquiesçai. Julie freina brusquement lorsqu'un autre véhicule entra en trombe sur la voie. Le conducteur de la voiture qui nous précédait descendit de son véhicule ainsi que le fautif. Comme nos vitres étaient ouvertes à cause de la chaleur, j'entendis leur conversation :

– Non, mais ça va pas la tête ! Qu'est-ce qui vous a pris de débouler comme ça ?

– Ne me parlez pas sur ce ton !

– Comment ça ? Vous auriez pu provoquer un accident et c'est tout ce que vous avez à dire ?

– Mais vous êtes qui, vous, pour me juger ; en plus, vous êtes noir !

En quoi la peau burinée de l'homme pouvait-elle le rabaisser et le priver de ses droits ?

Je me rappelai cette femme que j'avais vue à la télévision, jugée trop corpulente pour la norme et la terreur que j'avais provoquée chez une humaine qui se dorait au soleil. J'ajoutai cet homme à la peau foncée à cette liste. Décidément, la Terre était le théâtre de bien trop d'injustices et de défaillances.

J'attribuai un nom à ce genre de discrimination. Cela s'appelait le racisme et se définissait par l'intolérance de certains individus envers d'autres, présentant une physionomie différente. Cette dissemblance causait leur perte. C'était le problème majeur de cette planète : tout se référait trop à une « norme ». Toute originalité, pourtant riche et bénéfique pour la société, était constamment rejetée.

Comme je l'avais compris dès mon arrivée sur cette Terre, il y avait une telle diversité physique – et certainement psychologique – qu'il était impossible de définir lequel de ces individus représentait le mieux l'Homme. Pour sûr, tous étaient humains ; mais leur caractère unique les distinguait d'un regroupement de clones – à l'instar de la communauté de Weveria – et rendait l'humanité difficilement intelligible dans sa diversité.

6

Une rencontre masculine

– Oh oh, ça n'était pas prévu ! commenta Julie en se garant dans l'allée qui jouxtait sa demeure.

Elle fixait un autre véhicule, situé non loin du sien.

– C'est la 106 d'Alex… Il est rentré.

Elle se tourna vers moi, contrariée :

– Je crois que mon frère va vouloir reprendre sa chambre.

Alex était un homme de haute stature, athlétique, le regard froid. C'est du moins la première image que j'eus de lui, quand je l'aperçus accoudé au bras du fauteuil, devant la télévision.

– Bon, eh bien, bafouilla Julie. Je te présente Alex. Et Alex, je te présente… Hmm… Aspasie.

Je connaissais les mots appropriés à une rencontre :

– Enchantée.

– C'est elle que tu as hébergée dans ma chambre sans me demander l'autorisation ? demanda-t-il à sa sœur sans m'accorder un regard.

Son ton était calme, malgré les connotations agressives de ses paroles. Julie hocha la tête et son frère se leva avant de se diriger vers moi.

– Je m'appelle Alexandre, m'asséna-t-il. Alex, c'est seulement pour les intimes.

Je les entendis se disputer à mon propos une bonne partie de la soirée. Leurs paroles me parvenaient distinctement de la cuisine :

– Tu ne la connais même pas ! Tu ne sais même pas quel est son véritable nom !

– Elle apprécie Elsa et cela fait du bien à notre sœur d'avoir de la visite !

– Elsa est assez entourée de sa famille comme cela, tu vas l'étouffer à force de lui amener du monde !

– Je ne crois pas, non. Cela lui fait du bien de rencontrer des gens qui ne sont pas de son entourage proche… Et puis, cette fi… Aspasie est une amie à moi. Elle est vraiment gentille.

– Tu as vu comment elle est habillée ? On dirait une toge prétexte ou je ne sais plus quelle tunique de l'Antiquité ! Tu m'étonnes qu'Elsa l'ait nommée Aspasie !

– Je lui prêterai d'autres vêtements… Alex, on ne peut pas la laisser partir ! Elle n'a ni argent ni logement.

– En tout cas, je reprends ma chambre !

– Alex, évidemment ! Je ne te demande pas de dormir par terre ! Aspasie va s'installer sur le canapé…

Au moment du repas, je compris que j'avais le droit de rester « chez eux ». Je remerciai Julie des efforts accomplis afin de me permettre de « vivre » ici et l'aidai à mettre les couverts et à préparer le dîner. Nous prîmes place autour de la table et attendîmes qu'Alexandre daigne nous honorer de sa présence.

– Il est en cinquième année de médecine, m'expliqua Julie, comme pour excuser les mauvaises manières de son frère. Il travaille beaucoup…

Alex nous rejoignit enfin à table et ne m'adressa pas la parole de la soirée.

J'avais pourtant de mon côté fait des efforts pour lui plaire. J'étais restée polie, lui avais souri lorsqu'il m'avait détaillée discrètement du regard, avais débarrassé son assiette sans m'offenser de son départ brusque.

Cet être était charismatique malgré sa mauvaise humeur apparente, inquiétant dans sa prestance. « Beau », je n'aurais su le dire, peu qualifiée en ce domaine… Tout ce que je savais, c'est qu'il ne me laissait pas indifférente.

7
Le temps s'écoule et la vie s'en va

– Alex a choisi de se lancer dans la médecine lorsque nous avons appris la maladie de notre sœur, m'annonça Julie sur la route de l'hôpital.

Une semaine s'était écoulée depuis que j'avais rencontré Alexandre pour la première fois. Nous avions peu à peu réussi à nous côtoyer sans hostilité et discutions maintenant pendant les repas de choses futiles : la météo, les livres, la cuisine… Chacune de nos paroles me semblait étrangement précieuse. Il m'arrivait même parfois de me repasser certaines phrases en boucle dans ma tête afin d'y déceler certains messages, certains sous-entendus qui me rendaient guillerette une bonne partie de la journée.

Selon Julie, c'était assez normal. Bon nombre de filles s'inventaient des histoires lorsque l'élu de leur cœur leur adressait la parole. Julie était devenue assez taquine envers moi à ce sujet. Elle me jugeait trop timide et pourtant qualifiait mon attitude de « trop mignonne ». « C'est trop mignon », voilà quelles étaient ses véritables paroles. J'agissais « comme une adolescente ». Je lui avais même expressivement recommandé de ne pas faire part de mon ressenti à son frère… Elle m'avait répondu d'un rire amusé mais je savais qu'elle n'en ferait rien.

– Alex se disait probablement qu'il pourrait l'aider, poursuivit Julie, me ramenant à l'instant présent.

Je ne savais pourquoi Julie me racontait tout cela. D'ailleurs, je ne comprenais toujours pas ce qu'était la « médecine », ni le terme « maladie » qui lui était constamment associé. Julie me sourit timidement.

– Vas-y, m'intima-t-elle en garant la voiture. Je passe te chercher dans une heure pour que tu puisses aller au restaurant.

Je claquai la porte et me dirigeai à grandes foulées impatientes vers le hall de l'hôpital, sachant que j'avais peu de temps à passer avec Elsa avant que Julie m'emmène travailler avec elle au restaurant. Depuis quelques jours, elle m'avait trouvé un emploi. Son patron manquait de personnel et elle m'avait recommandée à lui. J'étais maintenant serveuse et gagnais quelques « sous » que je mettais à la disposition de Julie pour « entretenir l'appartement », ne sachant qu'en faire d'autre.

Ce jour -là, Elsa avait subi plusieurs traitements médicaux. Il me semblait qu'on lui avait administré plusieurs solutions par intraveineuses, ce qui la rendit groggy une bonne partie de la journée.

– As... pa... sie, murmura-t-elle en me voyant.

Je savais qu'elle appréciait mes visites. Pourtant, je doutais de l'importance de ma présence dans ces moments un peu difficiles.

– Tu veux que je repasse plus tard ?

– Non ! Raconte-moi... où tu en es dans ton rapport.

Elle aimait m'entendre parler de mes théories branlantes sur les humains. Mais ce jour-là, je n'avais rien à lui expliquer. Mes pensées s'entremêlaient, je n'étais plus sûre de rien. Je décidai de lui demander conseil sur ce qui m'arrivait.

– Eh bien. Il y a quelque chose que je ne comprends pas très bien. J'ai... Tu vas trouver ça vraiment étrange…

– Non, continue.

– C'est aussi assez stupide ! Cela fait deux nuits que j'ai d'étranges images dans la tête. Ça semble réel, pourtant ça n'est jamais arrivé, je le sais bien.

Elsa gloussa.

– Quelles sont ces images qui te passent par la tête?

– Eh bien, ça commence toujours par mon réveil. C'est le matin, je me lève, je me rends à la cuisine pour mettre le couvert et je vois... je vois ton frère. Il a déjà tout préparé, je le sais parce que je sens l'odeur des pains grillés avec la confiture de framboise dont raffole Julie. Et puis, Alexandre me sourit. Et quand il me dit bonjour, il me prend la main et...

– Et?

– Et après je me réveille pour de bon.

– Oh, fit Elsa, déçue.

– Tu sais pourquoi j'ai vu tout ça?

– Oui, tu as rêvé.

Comme si c'était la chose la plus logique qui fût. C'était au contraire une des caractéristiques les plus sidérantes de cette planète.

– Selon Freud, ajouta Elsa – Freud était un grand scientifique –, les images qui affluent lorsque nous dormons sont le fruit de notre inconscient qui veut nous transmettre un message. Si on prend ton cas, tu en pinces pour Alex! Voilà, ce que ça veut dire.

– J'en quoi?

Elsa gloussa:

– Tu sais, je ne savais pas que les extraterrestres pouvaient tomber amoureux. Et encore moins sans en être conscient. Je ne sais pas vraiment comment t'expliquer ça. Un humain ne vit pas seul, il est en général accompagné par une humaine qu'il a choisie. C'est avec cette personne qu'il va grandir, vieillir, disparaître. Et cet individu lui est cher. Comment te l'expliquer autrement qu'avec ces mots: il l'aime.

Ce terme définissait un aspect essentiel et énigmatique de l'âme humaine.

– Et, en général, on associe cet amour-là à la... reproduction. Tu sais ce que c'est?

Je hochais négativement la tête.

– Eh bien, je préfère ne pas en discuter. Par contre, je vais te donner un livre.

Elsa ouvrit le tiroir de sa table de nuit et en sortit un ouvrage. Les mythes de Platon.

– Lis *Le Banquet*, me conseilla-t-elle. Je crois que ça t'aidera à comprendre.

Je la remerciai avant de consulter l'heure et de partir. Il était temps pour moi d'aller travailler.

– Attends ! me retint Elsa.

– Oui ?

– Surtout, tiens-moi au courant. Je veux tout savoir sur toi, mon frère, ce qu'il pense de toi et quelle opinion tu adoptes sur cela ! En plus d'assouvir ma curiosité, ça me changera les idées...

Je m'éloignai, le récit antique à la main.

Le soir, j'eus la possibilité de combler mes lacunes en lisant l'ouvrage que m'avait conseillé Elsa. Même s'il ne m'était pas intelligible dans sa totalité, il me fit réfléchir, notamment avec le discours d'Aristophane. Platon nous raconte un mythe originel, celui de la création des hommes. Autrefois, hommes et femmes ne formaient qu'un seul corps, avec quatre mains, quatre pieds, deux visages mais une seule tête. Cette situation initiale n'avait pas duré, pour des raisons que je n'assimilai pas complètement : les créatures androgynes, par orgueil, s'en prirent aux dieux, de sorte que Zeus, sortant tout juste du conflit avec les Titans – la titanomachie –, n'eut pas le cœur d'anéantir une nouvelle espèce. Il sépara donc les créatures androgynes en deux, afin de les affaiblir. Ainsi naquirent l'homme et la femme…

De par cette lecture, j'intégrai quelques notions : l'amour, c'était la quête de cette autre partie de notre être, la recherche inassouvie de notre moitié afin de retrouver cette illusion de ne plus faire qu'un.

Pendant le souper, Alexandre se montra très nerveux. Il avait eu des examens pendant la journée et s'inquiétait de ses résultats concernant une épreuve. Julie le rabroua :

– C'est du passé, tes examens, tu ne peux rien changer, alors passe à autre chose !

– Facile à dire pour toi ! Tu ne joues pas ton avenir !

– Ah oui, tu le prends sur ce ton ?

Et ils avaient commencé à se disputer. C'était très fréquent, aussi je me contentai d'attendre qu'ils se décident à faire la paix ou à établir au moins une trêve. Je ne me rappelle plus comment cette conversation avait soudainement dévié sur moi mais ils avaient fini, d'un accord tacite, par dresser un portrait péjoratif de leur invitée.

– Et puis Aspasie a les yeux blancs !

Je tressaillis. Que voulait-il insinuer par là ?

– Et alors ? fit remarquer Julie. Ce n'est pas le plus incroyable chez elle ! Elle portait une toge lorsque je l'ai rencontrée et n'avait pas de nom !

Quel reproche Julie était-elle en train de me faire ?

– Si on rassemble toutes ces bizarreries, on arrive rapidement à la conclusion...

– Que c'est une extraterrestre, c'est ça que tu allais dire ? la coupa Alex.

Subitement, ils se tournèrent vers moi. Il était temps pour moi de leur raconter mon histoire. Spontanément, Julie et Alex avaient deviné mes origines extraterrestres. Je pensai donc que les conforter dans leur idée ne me serait pas difficile. Rien ne fut cependant moins complexe pour moi.

– Eh bien, puisque vous en parlez, leur annonçai-je, je suis réellement une extraterrestre. Je viens de la planète Weveria.

Julie et Alex échangèrent un regard complice avant d'éclater de rire.

– Au moins, tu supportes nos accusations avec humour, me complimenta Julie.

– Non, c'est vrai ! m'emportai-je. Je viens de Weveria, une planète à quelques galaxies d'ici et non loin de la Grande Ourse. On m'a envoyée sur Terre afin que je rédige un rapport.

Julie et Alexandre ne riaient plus.

– Quel est ton véritable nom ? me demanda Alex.

– N° 222, répondis-je. Les prénoms n'existent pas là-bas, ajoutai-je face à leur mine déconfite.

– Tu veux nous faire croire qu'on t'a envoyée sur une autre planète afin que tu rédiges un rapport, un peu comme si tu étais une étudiante ayant à remettre un dossier à ses professeurs attestant qu'elle a bien fait son stage ? s'enquit Alexandre, incrédule.

– Non, lui expliquai-je. Je dois disserter sur les bienfaits de l'humanité et ses erreurs. Je dois décider de la destruction de la Terre ou de sa survie.

– Et tu veux qu'on avale ça ? intervint Julie.

– Elsa m'a crue, acquiesçai-je, penaude.

– Parce que tu en as parlé à notre sœur ! Tu ne crois pas qu'elle a assez de soucis en ce moment pour que tu lui fasses part de tes délires !

Alex demanda à Julie de se calmer et me fixa bizarrement. Un peu comme un laborantin considérerait sa souris avant de la disséquer. Il se dirigea ensuite vers sa chambre et en ressortit avec une trousse médicale et divers objets du même acabit.

– Qu'est-ce que tu vas faire ? demanda Julie.

– Elle n'est pas normale, répondit-il en se tournant vers elle. Je savais depuis le début qu'elle nous cachait quelque chose... Regarde ses yeux, ils ne sont pas humains.

– Qu'est-ce que tu vas faire ? répéta Julie, effrayée.

– Je vais vérifier ses dires de façon radicale.

Alexandre s'approcha de moi, une seringue en main. Je tressaillis avant de reculer hors de sa portée. Je ne voulais pas qu'il me touche. Il me faisait peur.

– Donne-moi ton bras, m'intima-t-il.

Je reculai encore. Qu'allait-il faire de moi avec sa redoutable aiguille ?

– Aspasie, donne-moi ton bras !

Pourquoi m'appelait-il encore ainsi ? Il ne pouvait utiliser ce prénom humain s'il souhaitait me faire du mal... Puis je compris qu'un humain pouvait se montrer violent envers un autre humain, il n'était pas nécessaire d'être une extraterrestre pour s'attirer leur haine. Alex parvint à attraper mon bras et l'étreignit dans une poigne de fer. Je tentai de me dégager en silence.

– Aspasie, répéta-t-il, arrête de bouger. Je veux juste te faire une prise de sang. Je ne te ferai pas de mal.

Je me laissai faire, vaincue et rassurée.

– Elle n'est pas humaine, conclut Alex après un long moment de travail sur son ordinateur.

– Comment le sais-tu ? s'enquit Julie.

– Grâce à la centrifugeuse que tu vois là... Cette machine a séparé le sérum et les cellules sanguines du sang d'Aspasie et j'ai pris connaissance de ses données chromosomiques à l'aide de mon ordinateur.

Je restai à l'écart, laissant Julie et son frère discuter. La prise de sang ne m'avait pas vraiment fait mal. J'avais simplement ressenti un picotement.

– Qu'est-ce que tu me racontes ! s'exclama Julie. Ta machine indique qu'elle est humaine à 99,1 %.

– Julie, ça n'existe pas un humain à 99,1 %. Cela veut seulement dire que son espèce est très proche de la nôtre... Le 0,9 % fait toute la différence, crois-moi !

Alexandre reprit :

– Ce qui est vraiment incroyable c'est qu'elle a plusieurs gènes exactement identiques aux nôtres...

– Vraiment ? railla Julie. La fille que tu as hébergée te balance tout d'un coup qu'elle est une extraterrestre, et ce que tu trouves incroyable dans cette situation, c'est une similitude génique ? Franchement, Alex, tu ne tournes vraiment pas rond !

J'étais sortie sur le balcon, laissant mes deux hôtes s'affairer à leur tâche. L'air était doux et les étoiles au-dessus de ma tête me paraissaient lointaines. Weveria ne m'appelait pas. Pourtant, la Terre ne m'accueillait pas non plus. J'avais l'impression d'être partagée entre deux univers radicalement opposés. Et pourtant, à trop m'éloigner de l'un pour me rapprocher de l'autre, et à trop longtemps avoir dissimulé ma véritable nature, j'avais fini par répugner aux deux mondes. J'étais comme une étrangère à moi-même...

– Alors, c'est laquelle, ta planète ?

Alex. Sa voix retentit derrière moi et je me retournai brusquement. Ma planète... Si seulement je pouvais savoir laquelle voulait de moi. Je compris soudainement la question d'Alexandre. Je devais lui montrer Weveria. Je la lui désignai du doigt mais il ne la voyait pas. Je haussai les épaules.

– Tu veux y retourner ? demanda-t-il, plus tendu.

J'émis un signe de tête négatif.

– Mais tu vas y retourner, n'est-ce pas ? insista-t-il.

– J'imagine que les Weveriens finiront par venir me chercher, répondis-je, évasive.

En vérité, rien n'était moins sûr. Je ne savais pas comment les choses allaient se passer.

– Ils ne te reconnaîtront peut-être pas, supputa-t-il en bouclant une mèche de mes cheveux, timidement. Quand je t'ai rencontrée, continua-t-il, tu avais des cheveux noir de jais. Maintenant, tu es presque blonde. Le soleil a eu d'étranges effets sur toi.

« Pas seulement le soleil », pensai-je en souriant.

Cela me plaisait d'apprendre que j'avais changé d'apparence. Je ne voulais plus ressembler à mes concitoyens weveriens. Je voulais avoir ma propre physionomie, être à nulle autre pareille.

Le téléphone sonna tard dans la nuit et Julie se précipita en jurant pour décrocher. Elle savait que l'hôpital pouvait à tout moment téléphoner lorsque Elsa avait des problèmes. Sa mère était à l'autre bout du combiné, paniquée, en larmes. Malgré le haut-parleur, je ne compris pas ce qu'elle disait. Ce n'est qu'une fois la conversation terminée, quand je vis Julie en pleurs dans les bras de son frère et avant que celui-ci s'enfermât dans sa chambre, que je pris conscience qu'Elsa était morte.

Je ne l'avais pas compris immédiatement bien sûr. Car je ne savais pas ce qu'était la mort. Mais j'avais pressenti qu'Elsa était au plus mal. L'image de cette toute jeune fille sur son lit d'hôpital qui balbutiait sous l'effet des calmants m'avait, bien plus que les mots, fait ressentir ce que pouvait être la douleur. Je pleurai, moi aussi. Et ce n'était pas par mimétisme avec Julie, c'était dû à la haine que j'éprouvais à mon égard, moi qui, si naïve, ne savais rien de la « vie » et n'avais rien pu faire pour aider Elsa. Je ne lui avais même pas témoigné ma compassion. Je lui avais simplement et égoïstement exposé mes interrogations face à ce monde. J'avais été sotte et naïve. Naïve avant toute chose.

Puis j'ouvris un dictionnaire et cherchai le mot « mort ». Quand je réalisai qu'Elsa avait disparu pour toujours et à un âge précoce, je fus désemparée. Et quand j'appris que cela irait de même pour le reste des humains – pour Julie et Alexandre –, que tous finiraient par disparaître, retournant à la poussière en une vision apocalyptique, que c'était là la continuité logique de la vie, je pris la plus grave et la plus importante des décisions. Je choisis de mettre fin à toute cette monstruosité. Je décidai de détruire l'humanité.

Épilogue

Je me rappelai une tragédie qu'avait voulu me faire lire Elsa, un après-midi où je me trouvais à ses côtés, à l'hôpital. C'était une œuvre de Corneille ou de Sophocle. Je ne me souvenais plus très bien du fond. Je n'avais pas saisi l'ampleur de la tragédie et ne comprenais pas ce que cela représentait. « Une fin triste à laquelle on s'attend dès le début de l'histoire », m'avait-elle expliqué, simplement. Maintenant que j'écrivais la conclusion brutale de mon rapport, j'avais envie d'utiliser cette définition pour l'humanité.

La vie humaine est tragique pour la bonne raison que dès son commencement, nous savons qu'elle prendra fin un jour. La vie est également stupide. Pourquoi vivre quand on sait que notre temps nous est compté ? Nos gestes nous apparaissent alors dans toute leur frivolité. Nous savons que ceux qui viendront, après nous, ignoreront jusqu'à notre existence. Nous aurons disparu. Nous n'aurons rien laissé excepté de la chair en décomposition, de la poussière...

La vie n'est qu'un passage. Avant, nous ne savons ce qu'il y a. Après, il n'y a plus.

Il ne sert à rien de perpétuer de telles idioties... À cela, j'ajoutai quelques-unes de mes réflexions sur le sectarisme dont faisaient preuve les humains. La méchanceté dont ils pouvaient être habités, comme j'en avais été témoin lors de l'accident de voiture, avec Julie. De manière bien plus frustre, j'avais vu des humains – captifs de l'écran de télévision – se battre avec des armes, passant aux dommages physiques. Selon les quelques informations que j'avais eues par Julie, cela s'était passé après un vol dans une bijouterie : deux des criminels n'avaient pas réussi à se partager équitablement le butin et les images avaient été retransmises au journal télévisé par le biais des caméras de surveillance. J'exposai donc rapidement la violence des hommes puis retournai sur la plage, mon rapport en main. (J'y allais à pied, Julie et Alex étant trop désappointés pour conduire.) J'avais hâte d'en finir.

Je retrouvai sans peine la capsule weverienne, échouée sur le sable telle une vieille épave en métal oxydé. Je l'avais recouverte de différents branchages et fougères le jour de mon arrivée afin que la gent humaine ne l'aperçoive pas. Ce qu'elle n'avait vraisemblablement pas réussi à faire... Hâtivement, je déposai mon rapport dans le boîtier du véhicule spatial et attendis. Quand le dossier s'envola à grande vitesse – des années-lumière – en direction de Weveria, je regrettai mon geste : j'avais agi sur un coup de tête. Ce fut sur un nouveau coup de tête que je décidai alors de m'opposer à la destruction de la Terre.

Je culpabilisais d'être la seule responsable de l'extinction d'une espèce. Et puis, j'avais tellement appris sur Terre ! Il était de mon devoir d'en remercier les habitants en leur laissant la vie sauve. Je me détestais et me faisais l'effet d'une gourde profonde. Quand je rentrai enfin à l'appartement, Julie et Alexandre étaient inquiets à mon sujet. Comment avaient-ils pu se préoccuper de ma personne alors que leur sœur venait de les quitter ? Et moi, comment avais-je pu trahir ces êtres si altruistes ? « *Errare non solum humanum est* », avais-je envie de dire à Elsa, peu importe où elle se trouvait. J'avais bien trop de raisons qui me poussaient à m'écrier « *mea culpa* ».

L'enterrement allait bientôt avoir lieu. La cérémonie se préparait dans les pleurs et la déprime. Alex restait de longs moments seul, dans sa chambre. Julie, quant à elle, essayait tant bien que mal de poursuivre le fil de sa vie.

– Je t'ai acheté des lentilles de contact. Elles sont bleues, m'annonça-t-elle.

Comme je n'en voyais pas l'utilité, elle m'expliqua :

– Pour qu'on ne sache pas que tu es une extraterrestre.

Je la remerciai et posai les petites sphères sur mes pupilles.

Un après-midi, alors que je continuais de culpabiliser en pensant aux effets prochains de mon rapport sur l'humanité, Alex vint me tirer de mes pensées. Malgré les circonstances, il paraissait allègre, satisfait. Il souriait, ce qui plissait ses cernes vieux de plusieurs jours et témoignait de son manque de sommeil.

– Aspasie ! J'ai trouvé... J'ai réussi à obtenir un remède avec ton sang !

Je ne comprenais rien.

– Qu'est-ce que tu racontes ?

– Aspasie, j'ai étudié ton sang d'un peu plus près. Il y avait des informations génétiques qui me troublaient. Tu as exactement les mêmes données sur les filaments des chromosomes de chacune de tes paires, ce qui signifie peut-être que tes parents ont eu aussi les mêmes données et que les habitants de ta planète sont tous des clones. Mais j'y ai ensuite réfléchi, et je me suis demandé... Enfin, se reprit-il en rougissant légèrement, je me suis dit que tout ne fonctionnait peut-être pas exactement pareil sur chacune des planètes et j'ai essayé de ne pas tenir compte de vos moyens de reproduction... Alors, j'aurais besoin de te poser quelques questions pour vérifier mes hypothèses, mais si elles s'avèrent justes, j'aurai trouvé le remède à toute maladie...

– Vas-y, l'incitai-je.

J'étais prête à répondre à toutes ces questions, même si je ne comprenais pas leur utilité.

– Aspasie, est-ce que tu as des parents ?

– Pas à ma connaissance. Si cela signifie des personnes plus vieilles qui nous éduquent pendant notre enfance, non, ça n'existe pas à Weveria. Pour autant que je me souvienne, nous avons tous été créés en même temps. Nous avons tous le même âge. Tous les habitants de Weveria sont identiques. Ils ont tous la même existence en quelque sorte.

Alexandre me sourit et son ravissement contamina son regard, d'un bleu pétillant. Apparemment, ma réponse était celle qu'il attendait. Il continua :

– Quel âge as-tu ?

J'hésitai. Que répondre à cela ? Le temps n'importait guère là où je vivais. Et il ne se calculait pas avec les mêmes unités.

– Je ne sais pas.

Alexandre parut déçu et je m'en voulus immédiatement. Je m'empressai donc de le contenter avec le maximum d'informations que je possédais :

– Je vis depuis longtemps. En tout cas, j'en ai l'impression. Et puis, ça fait longtemps que j'étudie votre langue. Je me rappelle avoir même étudié le latin lorsque c'était encore une langue vivante !

Alexandre retrouva son air euphorique et je me sentis tout de suite mieux.

– Tu es immortelle ? me demanda-t-il.

– Peut-être, répondis-je.

En fait, je n'en savais rien et ne m'étais jamais posé la question. Mais après y avoir réfléchi quelques instants, je conclus que oui. J'existais déjà depuis quelques siècles, ce qui était un signe.

– Aspasie, tu es sûre que vous avez tous le même âge à Weveria ? Il n'y a pas d'enfants ?

– Non.

– Alors, j'ai trouvé ! Sur ta planète, il n'y a ni vies futures ni mort.

Vous êtes donc immortels, les sempiternels habitants de Weveria, en quelque sorte… Tes gènes contiennent des informations capables de régénérer les cellules et ainsi, de combattre la mort et le vieillissement. Ce sont eux qui te garantissent l'immortalité. Si j'isolais ces particules de ton sang, ou même si je transfusais un peu de ton sang à un humain malade, il guérirait.

Mon émerveillement ne dura qu'un temps. En effet, je pensai ensuite à Elsa. Elle était morte, maintenant, était-il trop tard pour la guérir ? Pouvait-on combattre la mort ?

– Et Elsa…, soufflai-je.

– On va essayer, me dit-il avec détermination. On va lui transfuser un peu de ton sang. On verra bien ce qui se passera.

Je souris à mon tour. J'allais peut-être revoir Elsa, mon amie. Maintenant, je pouvais le dire, je savais ce qu'était l'amour et c'est ce que j'éprouvais pour Elsa, Julie et Alex. Ils étaient ma famille. Ce qui me raccrochait à l'humanité.

– Je vais avoir besoin de te faire une prise de sang, m'annonça Alex.

Je le suivis jusqu'à son repère. Sa chambre était un taudis jonché de dossiers. Il ramassa sa trousse médicale et me demanda mon bras. Je le lui donnai sans hésiter. Il palpa délicatement mes veines et me jaugea du regard avant de planter la seringue dans ma chair.

Nous nous étions rendus ensuite à la morgue et avions demandé à voir le corps d'Elsa. Après nous avoir présenté ses condoléances, le gardien nous accompagna jusqu'au cercueil puis se retira, nous laissant dans l'intimité.

Julie était emplie d'un espoir refoulé. Elle ne voulait pas se faire d'idées. Quant à Alexandre, il paraissait confiant. Pour finir, je ne tenais plus en place et étais persuadée que notre manœuvre allait réussir.

Le cercueil n'était pas fermé. J'eus la mauvaise idée de m'approcher et crus défaillir lorsque j'aperçus la peau livide et blafarde d'Elsa.

Ses yeux étaient deux billes indifférentes. Alexandre posa un bras sur mon épaule, réconfortant, puis sortit de son sac son éternelle seringue. Il s'approcha du corps inerte de sa petite sœur et transfusa mon sang dans son organisme.

Julie et moi attendions avec impatience les premiers signes d'une guérison, d'un retour à la vie. Dans un premier temps, rien ne vint. Et je m'en voulus immédiatement, persuadée que la faute m'incombait. C'était mon sang qui était incompétent à cet instant…

Mais les yeux d'Elsa pétillèrent soudain. Sa peau reprit sa teinte rosée et ses poumons inspirèrent une grande goulée d'air, comme après un trop long moment d'apnée.

– Alex ! s'écria Elsa lorsqu'elle aperçut le visage de son frère, penché sur elle.

Puis elle parut comprendre où elle se trouvait et tressaillit en se relevant vivement.

– Enlevez-moi de là ! demanda-t-elle.

Tandis que Julie et moi-même la soulevions par les aisselles et les chevilles, elle s'inquiéta :

– Dites-moi la vérité. Je suis morte, c'est ça ?

– Tu es revenue, lui expliqua Alex, les yeux étincelants. Grâce à Aspasie.

Elsa me sauta dans les bras avant d'enlacer tout le monde. Je serrai Julie dans mes bras puis Alex m'étreignit et enfouit sa tête dans ma chevelure, euphorique. J'eus envie que ce moment dure éternellement.

Malheureusement, le gardien, qui avait entendu du chahut, entra dans la pièce. En découvrant Elsa debout sur ses deux jambes, rayonnante de bonheur, il s'évanouit.

– Dépêchez-vous ! s'exclama Alex en me prenant la main. On s'en va !

Une fois de retour à l'appartement, nous pûmes discuter plus calmement des événements.

– Donc, si j'ai bien compris, le sang d'Aspasie peut guérir les gens ? s'étonna Elsa.

Alex opina du chef.

– C'est merveilleux, nous allons enfin pouvoir guérir toutes les maladies grâce à elle. Aspasie deviendra notre souche médicamenteuse, elle travaillera avec les médecins du monde entier.

Julie, intervint, acerbe :

– Il en est hors de question ! Si tu dévoiles à la population qu'Aspasie est une extraterrestre dont le sang peut guérir le monde, ils la réduiront en rat de laboratoire, c'est ça que tu veux ? Qu'Aspasie soit condamnée à un enfermement éternel dans une salle d'opération où on lui retirerait constamment du sang ? Elle ne tiendrait pas.

– Je ne pensais pas alerter toute la population, seulement quelques scientifiques…

– Alex, s'exaspéra Julie. Si tu préviens une minorité de personnes, ce sont les services secrets de l'État qui s'en occuperont. Et je ne crois pas que la DGSE soit préférable à un éternel enfermement en laboratoire.

– Tu as raison, conclut Alex.

– Alors on ne fait rien ? murmura Elsa.

Elle resta pensive avant de proposer :

– Et si on se contentait d'aider clandestinement des malades en leur transfusant un peu du sang d'Aspasie ? Bien sûr, on ne sauverait pas toute la planète, mais ça aurait ses effets…

– D'accord, convint Julie.

Comme j'étais restée muette jusqu'à présent, je décidai d'intervenir :

– Je suis d'accord aussi.

Nous prîmes la voiture afin d'alerter les parents d'Elsa de son retour parmi nous. Ils habitaient une petite maisonnette, en bordure de la mer. Nous garâmes le véhicule près du terrain sablonneux et poursuivîmes à pied, luttant avec le sable.

C'est alors que j'aperçus une forme géométrique dont la matière métallique se reflétait au loin. Une nouvelle capsule avait atterri. Les Weveriens allaient envahir et détruire la Terre. Je m'arrêtai de marcher. Il était impératif que je prévienne les autres. Alex fut le premier à se retourner :

– Ça ne va pas ?

Elsa et Julie firent demi-tour.

– Une nouvelle capsule vient d'atterrir.

– Quoi ? s'étonna Elsa.

– Tu veux dire un vaisseau spatial ? me corrigea Julie.

– Qu'est-ce qu'ils veulent ? intervint Alex.

– Je dois les dissuader de détruire la Terre, éludai-je.

Julie, Elsa et Alex acquiescèrent.

– Je ne veux pas retourner là-bas, murmurai-je.

Cela sonnait plutôt comme une supplique. Je savais pertinemment que c'était exactement ce qui allait se produire.

Alex me serra dans ses bras. Nous en étions déjà aux adieux, même si personne ne le reconnaissait. Elsa me prit la main puis déclara :

– On vient avec toi.

Nous marchâmes en direction du vaisseau. Je les regardai tous tour à tour, essayant de mémoriser leurs traits. Surtout ceux d'Alex, j'étais persuadée que j'en mourrais si je devais oublier un jour son visage.

Elsa émit un son émerveillé en découvrant la capsule de plus près. Ça n'avait rien à voir avec les machines qu'avaient les Martiens dans les bandes dessinées... La capsule était en métal, elle avait des faces droites mais des côtés asymétriques et luisait étrangement. Julie aussi avait l'air fascinée mais contenait ses émotions. Crispé, Alex se rapprocha de moi.

Des Weveriens sortirent bientôt de la capsule, assez surpris de me voir arriver en compagnie d'humains. Alex frémit en apercevant une Weverienne s'avancer vers moi. Elle me ressemblait trait pour trait. Seule ma couleur de cheveux me différenciait d'elle.

– N°222 ? s'enquit la femelle.

– Oui, acquiesçai-je dans son langage.

– Je suis ravie que vous ayez accompli votre mission sans dommage, m'annonça-t-elle.

Alex m'interrogea du regard. Il voulait probablement savoir ce que cette extraterrestre me disait. Quant à Elsa et Julie, elles étaient sous le choc, éberluées de m'entendre parler un langage aux sonorités si étrangères.

– Pourquoi avez-vous emmené des extra-Weveriens avec vous ?

Je décidai d'abréger la conversation :

– Je ne veux plus détruire la Terre.

– Pourquoi ce revirement ?

– L'humanité a de nombreux aspects positifs, parmi lesquels on trouve l'amour, l'amitié, l'originalité, la solidarité...

– Cessez, me coupa-t-elle. Je ne comprends rien à ce que vous me racontez. Si vous avez changé d'opinion, cela est votre affaire. Nous ne détruirons donc pas cette planète. Seul votre avis compte. Nous ne voulons pas comprendre.

Je fus rassurée et traduisis pour mes amis :

– L'humanité est sauvée.

Cela ne parut pas plaire à ma concitoyenne, qui m'asséna :

– Maintenant que cela est réglé, veuillez entrer dans la capsule.

– Non, m'opposai-je. Je veux rester ici.

– Ne m'obligez pas à vous y contraindre. Vous faites partie de notre peuple. Votre place est avec nous.

Elle insista :

– Il ne serait pas permis que l'une des nôtres collabore avec des étrangers. Vous ne pouvez vous attacher à cet environnement...

– Je veux rester ici, répétai-je en attrapant la main d'Alex.

Celui-ci la serra dans la sienne. J'étais persuadée que si je ne lâchais pas sa main, il parviendrait à me retenir sur cette terre, avec lui.

La femelle weverienne appela du renfort et quatre Weveriens sortirent de la capsule.

– N° 222, me salua l'un d'eux.

– N° 21 !

Il portait son badge, ça n'était donc pas bien difficile de le reconnaître. Mon ancien instituteur s'avança vers moi, imité par ses semblables.

– Vous vous résolvez enfin à prononcer mon nom, me félicita-t-il au creux de mon oreille.

Alex lâcha subitement ma main et l'extraterrestre en profita pour me soulever de terre. Il se dirigeait déjà à grandes foulées vers la capsule, malgré son fardeau.

– Ne les laissez pas m'emmener ! m'écriai-je, en français cette fois. Je ne veux pas retourner là-bas !

Mais je savais que c'était fini. J'étais probablement plus attachée à ces humains qu'eux à moi. Ils ne devaient pas risquer leur vie pour améliorer la mienne. Mon cas était désespéré.

Soudain, Alex s'élança et frappa violemment mon instituteur à l'épaule. Ce dernier me lâcha et Alex m'entraîna en quelques secondes à l'arrière. Dans un mauvais français et avec un accent fort détestable, mon ancien enseignant s'écria :

– Vous violents et méchants humains !

Julie, Elsa, Alex et moi étions déjà en fuite. Quand nous arrivâmes enfin devant la maisonnette qui longeait la plage, Elsa et Julie se précipitèrent vers la sonnette. Alexandre m'attira à lui. Ses yeux fixèrent les miens une fraction de seconde, exprimant des sentiments disparates : sa peur, sa colère, son désir, son hésitation. Puis il plaqua ses lèvres sur les miennes et m'embrassa.

Je pleurai silencieusement. Des larmes de libération et de bonheur. La porte s'ouvrit, grinçante. La mère d'Elsa, dans l'entrebâillement, demeura éberluée quelque temps, devant sa fille décédée et revenue d'entre les morts. Puis elle murmura, essuyant d'un revers de la main quelques larmes :

– Elsa ?

La petite fille se précipita et elles s'étreignirent.

La vie était si simple. La vie était empreinte d'amour et d'angoisse. De la peur de voir disparaître ses proches. La vie était vécue devant le paravent de la mort. Et cette dernière établissait son empire dans l'ombre.

Selon Parménide, nous pouvons diviser les éléments en deux pôles opposés : la vie et la mort, l'amour et la haine, la clarté et l'obscurité. Selon lui encore, l'un des deux termes est positif et l'autre négatif. Il paraît enfantin d'établir ces rapports, cependant, je trouve cette vision bien trop manichéenne.

Je ne dirais bien évidemment pas que les défauts de l'humanité tels que la violence, le sectarisme ou encore la méchanceté sont effacés par ses qualités. Cela reviendrait à considérer le monde avec un optimisme dangereux. Mais il me semble tout de même que les meilleurs côtés de l'humanité, l'amour, l'altruisme et l'amitié rendent les moins bons plus tolérables…

L'amour n'existerait pas sans la haine. Et c'est parce que l'amour nous semble précieux et irremplaçable que la haine est moins cruelle, sorte de contrepoint effleurant notre bonheur.

Il en va de même avec les autres couples d'antonymes. Parmi eux, j'aimerais évoquer ici la vie et la mort. La vie perdrait tout son sens sans sa chute. Nous ne goûtons l'intensité de notre existence que dans sa durée temporaire.

Sans limite, la vie ne serait plus la vie. Elle ne serait qu'un vaste terrain de jeu et d'expérimentation où les individus se laisseraient aller à leur débonnaireté sans avoir à se soucier du lendemain.

C'est pour ces raisons que je m'étais opposée à détruire la Terre. Je savais que le caractère parfois sombre de l'humanité n'était pas insurmontable. Je savais les hommes en mesure d'y remédier. Et les aider dans cette tâche fut la deuxième mission que je me donnai. Je ne savais pas, malheureusement, que mon temps sur cette terre était compté.

Elsa avait énormément parlé de moi à ses parents. Mes « exploits » les avaient fascinés. Très vite, j'étais devenue leur héroïne. Ils disaient m'être « redevables pour la vie ». Je leur expliquai qu'il n'en était rien. Je tenais à Elsa, moi aussi.

Les parents de l'adolescente éprouvèrent rapidement de l'affection pour moi et me considérèrent « comme leur fille » ou « comme leur belle-fille », murmuraient-ils parfois en lorgnant Alex étrangement.

Alex... C'est celui que j'aimais. Celui que j'avais choisi comme compagnon dans l'étroit passage que définissait la vie. Celui que je voulais protéger de l'ombre de la mort. C'était ça, l'amour.

Lui et moi étions seuls dans le petit salon de ses parents tandis que ces derniers réaménageaient la chambre de leur plus jeune fille, conseillés par Julie. Je voulus éclaircir certains points :

– Pourquoi as-tu lâché ma main, quand le... le Weverien s'est approché de moi ?

– Quand j'ai vu que cet homme te parlait à l'oreille... J'ai cru que vous étiez très proches.

– Comment ça ?

– J'ai cru que vous formiez un couple, sur votre planète.

Je pouffai de cette hypothèse comique.

– Mais quand bien même ça aurait été le cas, ça n'explique pas ta réaction...

– J'ai éprouvé de la jalousie, tenta-t-il de m'éclairer en fondant son regard dans le mien.

– Je ne sais pas ce que c'est.

Alexandre m'annonça :

– Ce n'est pas grave. Tu as encore énormément à apprendre. Et je serai ravi d'être ton professeur !

Voilà qu'il voulait être mon enseignant ! Ne partagions-nous pas des sentiments plus forts que ceux d'un instituteur envers un élève désireux d'apprendre ? Je ne le voulais pas comme professeur...

– Enfin, si tu es d'accord, reprit-il en voyant mon peu d'enthousiasme.

– Oui, je suis d'accord...

Il me força à le regarder :

– Qu'est-ce qui ne va pas ?

– C'est juste que j'aimerais te considérer autrement que comme un maître d'école...

Alex sourit avant de me déclarer :

– Je t'aime.

Ce fut ce moment-là que choisirent mes compatriotes pour frapper à la porte de la demeure humaine.

Alexandre se dirigea vers l'entrée et regarda à travers le judas. Puis, il se retourna vers moi et ne dit rien. Ses yeux traduisaient mieux la situation que n'importe quel mot.

– On n'ouvre pas, décida-t-il.

Son ton était dur, obstiné. J'étais tentée de le croire, de me laisser bercer par ses illusions. Mais une petite voix en moi me soufflait la vérité dans toute sa cruauté : ta place n'est pas ici. Tu vas repartir sans faire d'histoires…

– Alex, soufflai-je.

Il fallait qu'il comprenne. Avant que la porte s'abatte sur le mur, avant que les miens m'enlèvent à tout jamais...

– Je n'ai pas ma place ici.

Sans attendre qu'il me contredise, je continuai :

– Le gardien de la morgue va bien finir par se réveiller ! Il appellera la police, fera une déposition et je serai constamment traquée. Je serai enfin prise pour ce que je suis : une extraterrestre. Et les humains ne voudront pas de moi. Pas autrement que réduite à un rat de laboratoire…

Je repris mon souffle, essayant de ne pas entendre ses mensonges :

– On trouvera une solution. Tu verras…

Puis je donnai mon deuxième argument :

– Les Weveriens ne toléreraient jamais que je reste ici. Si par miracle, je réussissais à leur échapper encore une fois, ils continueraient de me traquer. Et ma vie ici serait réduite à une constante fuite… Ça n'en vaut pas la peine.

– Ils finiraient bien par laisser tomber, supputa-t-il.

Non, pensai-je. Puis je passai à mon troisième et dernier argument, celui qui – je le savais – aurait le plus d'impact :

– Il serait préférable pour toi – et tes sœurs – de côtoyer des individus de ton espèce. Nous n'appartenons pas au même monde. Un jour, tu l'aurais compris.

– C'est faux.

– Si, repris-je. Quand tu auras commencé à vieillir tandis que moi je conserverai mon apparente jeunesse.

Alexandre resta muet. Je n'avais plus rien à ajouter et me dirigeai vers la porte.

– Tu pourras revenir ? Je veux dire… Te donneront-ils une nouvelle mission, un nouveau rapport à écrire ?

Il soupira avant de simplifier :

– Est-ce que je te reverrai ?

Sa voix tremblait. J'optai pour la vérité :

– Mon voyage du retour sera assez long. En fait, on ne se rend pas compte du temps qui passe dans la capsule, mais…

J'abrégeai, moi aussi, prenant mon courage à deux mains :
– Quand j'atterrirai sur Weveria, tu seras déjà mort.

Je ne voulais pas voir son visage. Je devinai sa tristesse et le sentiment d'horreur qui l'habitait. C'était exactement ce que je ressentais. J'entrouvris la porte et dans l'entrebâillement, le regardant une dernière fois, je murmurai :

– Dis au revoir à tes sœurs de ma part…

Puis, dans un souffle, j'ajoutai :

– Tu vas me manquer. Adieu.

Et je pensai : « J'aurais aimé croire à tes idées, apprendre à mieux connaître les humains avec toi… Mais parfois, il faut savoir lever le voile sur le rêve et regarder la réalité en face. »

Les extraterrestres me fixaient avec apathie. Quel autre sentiment aurait pu marquer leurs traits ? Ils étaient amorphes, comme ils l'avaient toujours été et le seraient toujours. J'eus envie de crier.

– Vous avez fait le bon choix, me réconforta une Weverienne dans son langage.

La même que celle qui avait tenté de me raisonner plus tôt dans l'après-midi.

Je compris à peine ma réponse :

– *Gawaé Tfzraé Tumtumqué ahâå.*

Qu'on en finisse…

Mon ancien enseignant s'avança vers moi :

– Aimez-vous la Terre, n° 222 ?

Je ne répondis pas. Que cherchait-il à savoir ? Voulait-il me nuire ?

– Nous abhorreriez-vous ? Vous seriez-vous détournée de votre noble peuple au profit de ces barbares ? Quel lien vous unit à eux ?

Puis je saisis ce qu'il voulait et eus pitié. Cet individu souhaitait simplement comprendre. La soif de connaissance le rongeait. Il était conscient de n'être que poussière dans l'immensité de l'univers, ce qu'il savait n'était qu'informations futiles et relatives, il ne détenait qu'une infime part de la vérité. Celle que personne n'atteindrait jamais. Celle qui était universelle et inintelligible.

Entrant dans la capsule, les genoux flageolants et les joues striées de larmes, je décidai de l'éclairer :

– J'aime la Terre. Si j'avais eu à décider de mon monde, c'est elle que j'aurais choisie.

Dans la capsule, je n'avais cessé de pleurer. Je revoyais sans cesse le visage d'Alex derrière mes paupières closes ou entendais encore les conseils d'Elsa à l'hôpital, si sages et précieux. Je me rappelais Julie lors de notre première rencontre, son teint hâlé et satiné, son sourire bienveillant, attirant.

Puis je fus prise de claustrophobie. Dans cet espace confiné, je regardais les pseudo-« miens » s'activer et avais peur de retomber un jour dans leur routine atroce. Quand les couleurs me quittèrent, j'arrêtai de pleurer et me précipitai vers l'ouverture afin d'observer le Soleil. Mais l'astre n'était plus là et je sentis mon ventre se contracter.

Et puis l'idée me vint, subite et inouïe, me réjouissant avant de m'étreindre dans un violent sanglot.

Je devais écrire mon histoire. Pour ne pas oublier. Pour conserver le peu d'humanité que mon être avait absorbé. Pour me souvenir. Pour me rappeler Alex, Julie, Elsa. Pour sentir encore leur présence fantomatique à mes côtés. Pour avoir quelque chose à quoi me raccrocher.

Alors j'avais écrit ces pages qui m'apaisaient à chaque relecture. Mais j'arrive maintenant au moment tant redouté. À la fin du récit. À la dernière phrase, cruciale. Tous ces mots doivent témoigner de mon anéantissement à quitter cette Terre, de ma joie de l'avoir rencontrée, de détenir un précieux savoir…

Je ne peux pas conclure ce récit par une fin joyeuse propre à tout conte de fées humain. Pour l'évidente raison que ce dernier pan de mon existence est d'une cruelle tristesse. Mais aussi parce qu'un « Ils vécurent heureux jusqu'à la fin des temps » est une utopie hypocrite. Le temps ne s'arrêtera probablement jamais tandis que les humains s'éteindront tous prochainement, accomplissant leur si tragique et pesante destinée temporelle.

La réalité n'est autre que la négation même de cette fameuse phrase.

De plus, la vie est parsemée d'embûches et d'obstacles qui nous apprennent à mieux apprécier le bonheur. Les contes de fées ne sont que des fictions pour enfants...

Je m'étais donc trompée. Avant de découvrir la Terre, je n'avais pas saisi l'envergure de l'humanité et de ses valeurs. Désormais, en cet instant de l'écriture, je suis capable de décrire dans leurs plus grands axes les valeurs propres à l'humanité et m'y accroche avec force. La « vie » sur Weveria ne m'intéresse pas. Je ne veux exister que pour me rappeler. Vivre dans le passé. Me fondre dans mes souvenirs…

Une voix s'élève derrière moi. Je relève ma tête de mon ouvrage et le cache derrière mon dos.

– N° 222 ? Prenez les commandes de la capsule, je vous prie. Nous arrivons près d'une zone de turbulence et je crains que le pilotage automatique ne soit pas suffisant…

N° 222… Je laisse ce Weverien dire ce qu'il veut, mais au fond de moi, je sais que je n'appartiens plus à son peuple. Je me suis convertie à l'humanité. Je m'appelle Aspasie.

ANNE
MOREAU

L'Ours

Née le 26 septembre 1994 à Blois, j'ai appris à lire et à écrire à Lille avant de déménager pour Toulouse en 2001. Je suis actuellement élève au lycée Pierre-de-Fermat. J'ai toujours imaginé plein d'histoires : avant de savoir écrire je les dessinais, puis j'ai dicté les textes à ma mère qui m'épelait chaque mot. La passion de l'écriture m'a vraiment accaparée lorsque j'ai su lire : les histoires de Serge Brussolo m'enchantaient particulièrement. C'est à l'âge de huit ans que j'ai décidé de devenir écrivain, et cette idée ne m'a jamais quittée. Le collège m'a fait découvrir et aimer les auteurs classiques, Zola, Balzac. Mais à une période où cette passion faiblissait, c'est un écrivain contemporain, Patrick Süskind, qui m'a redonné envie d'écrire...

Il y avait d'abord ce visage. Un long masque aux traits figés depuis l'éternité. Un air mélancolique, austère et douloureux. Le nez plat, un peu bossu, assez osseux. De part et d'autre de sa base, les yeux, sombres, plissés, dont on entrevoyait l'éclat vivant sous le barrage du nid ridé et des sourcils broussailleux. La bouche pincée, les lèvres fines, grises. Une profonde douleur gisait sur ce visage à la peau grisâtre, tachetée, étirée des pommettes au menton pointu. Le respect saisissait quiconque s'approchait de cet homme-là. Il n'avait pas dû sourire beaucoup et ses yeux éteints, voilés de vieillesse, semblaient n'avoir jamais connu les rêves d'enfance.

La petite fille se demanda si ces lèvres crispées exprimaient toujours ce profond dégoût. Elle serra tendrement Lenin contre son cœur, humant avec délectation les fragrances assez immondes mais si familières de son ourson détruit. Elle aimait la maison de son grand-père ; c'était son grand-père qu'elle n'aimait pas. Il lui faisait peur. Pourquoi cette figure ravagée, par quoi la peau avait-elle pu ainsi être dévorée ? Pour quelle raison les yeux ne riaient-ils jamais ? Et pourquoi la bouche ne se desserrait-elle pas, ne serait-ce pour un simple « merci » ?

La fillette s'enfuit en courant dans le jardin. Elle s'amusa un instant à piquer des fleurs dans ses cheveux, puis, comme l'air fraîchissait avec la nuit tombante, elle se rapatria à l'intérieur de l'immense bâtisse dévorée par le lierre et pourrie d'humidité.

Le vieillard se tenait immobile face à la fenêtre. La table était mise. Oscar, son frère, était déjà installé, les cheveux dans les yeux, et il pianotait sur son portable. Il fut le premier à avoir terminé son repas et à s'éclipser dans sa chambre, sans un mot, sans un regard.

La fillette et le vieillard, chacun à une extrémité de la longue table laquée, s'observaient par-dessus leur assiette de soupe froide. Une mouche, posée sur la photo en noir et blanc d'une jeune femme souriante, détourna l'attention du grand-père, qui se porta alors sur le vieil ourson décousu et mâchouillé, adossé, l'air grave, contre le pichet de vin.

– Quel est son nom ? demanda le vieux en ayant l'air de dégorger ses mots.

– Son nom entier, c'est Alexander Ajine Zadig Van Brosnovig Den Lenin. Mais tout le monde l'appelle Lenin.

Elle couva son ours d'un œil tendre et fier.

– C'est un comte, dit-elle sur le ton de la confidence. Il a été changé en ours par une sorcière alors qu'il recherchait son amante dans la forêt tropicale. Elle est atteinte d'une terrible malédiction et ils ne pourront vivre heureux s'il ne la brise pas. Il n'a pas l'air, comme ça, mais je le sais, car il me raconte tout quand nous sommes seuls. Il a vécu des aventures formidables !

Le vieux grogna ; le voile était retombé sur les yeux vides et délavés. Le repas s'acheva en silence.

Le temps passa. La petite fille jouait avec insouciance, le plus loin possible de son grand-père. La saison avançait, les nuages devenaient plus gris et plus lourds au fil des jours ; bientôt, l'automne fut tout à fait là, son doux mugissement résonnait sourdement sur les plaines. Le feu craquait et fumait âprement dans la cheminée, seules ses palpitations, accompagnées du tic-tac pendulaire de l'horloge, rompaient le silence humide de la maison.

Cet après-midi-là, la petite fille avait tendrement brossé les poils de Lenin ; puis elle l'avait abandonné sur une chaise tressée d'osier pour gambader seule au-dehors. Le vieux perdait son regard par la fenêtre, observant les volutes blafardes du ciel sans vraiment les voir. C'est quand il se leva pour aller chercher une bière qu'il remarqua l'ourson dépenaillé, sagement assis à table. Il s'en approcha avec une méfiance échaudée par le temps, soigneusement cultivée toutes ces heures passées seul à la fenêtre. Les petits pépins miroitants de ses yeux ne semblaient pas si méchants que ça…

Il se saisit de l'animal et l'inspecta. Si son odeur le repoussa quelque peu, son air bonhomme et le mystère qui planait sur son nom l'aimantèrent. Il vola l'ourson, l'assit confortablement sur le petit guéridon de sa chambre, puis s'en retourna à son fauteuil, mine de rien.

La nuit venue, la petite chercha Lenin ; ne le trouvant pas, elle pleura un peu, puis se consola rapidement en affirmant qu'il était parti en quête de sa princesse.

Lorsque le vieillard se coucha, il resta un instant éveillé, les mains sur l'édredon duveteux, ses yeux noirs aux aguets de la moindre activité du côté de Lenin. Il finit par s'endormir, le menton posé sur la poitrine.

Il s'éveilla en sursaut au milieu de la nuit.

– Zadig, murmura une voix.

Le grand-père sursauta en entendant prononcer son nom. Il chercha à tâtons la lumière ; ne la trouvant pas, il se tassa dans son oreiller.

– Qui… qui est là ? chevrota-t-il.

– C'est moi, Alexander Ajine Zadig van Brosnovig den Lenin. J'ai besoin de ton aide, tu comprends ? Il faut que je retrouve ma bien-aimée. Elle m'attend depuis trop longtemps à présent. Acceptes-tu de m'aider ?

Il promit.

– Tu as l'impression de rêver, c'est ça ?

– Il y a bien longtemps que j'ai compris que les rêves étaient inutiles et que seule la réalité est réelle.

Zadig chaussa ses pantoufles, vêtit un pull, attrapa l'ourson et l'amena dans le salon. À la lueur du feu, il distinguait ses minuscules yeux brillant d'un éclat humain.

– Tu es prêt à me suivre ?

La voix de lutin sortait de la bouche de Lenin. Zadig hocha sa tête ratatinée comme une pomme desséchée, assez déconcerté. Aussitôt, il lui sembla que l'univers se distordait, l'aspirait en arrière, lui suçait la moelle dans un tourbillon de couleurs et d'odeurs ; puis, comme dans un boyau pris de convulsion, il eut la désagréable impression qu'on cherchait à le vomir. Alors que lui-même commençait à avoir la nausée, l'équilibre se rétablit : le sol s'immobilisa, le ciel redevint un couvercle au-dessus de la terre, tout stoppa sa sarabande infernale.

Il se trouvait au milieu d'une vaste lande verte. Il faisait jour ; le ciel était aussi gris qu'à l'accoutumée et il en tombait une pluie glacée de fines gouttelettes. Les collines ondoyaient jusqu'à l'horizon.

Zadig remarqua qu'il n'était plus le même. Il avait considérablement rajeuni et portait des vêtements qui auraient pu appartenir à un noble du Moyen Âge. En se retournant, il vit un grand cheval beige. L'ourson avait disparu. Zadig grimpa sur le cheval en supposant qu'il saurait où aller ; en effet, la monture fila dans le vent et quelques minutes plus tard ils se trouvaient au pied d'un gigantesque château blanc, protégé par une muraille obscure couverte de lichens.

Le roi Thonaron était d'une humeur exécrable. Lorsque le comte Van Brosnovig Den Lenin se présenta à sa porte, il bondit sur ses pieds.

– Alors ? postillonna-t-il, rouge de fureur. Ma fille est toujours dans son maudit donjon, n'est-ce pas ? Qu'attendez-vous, que les potirons poussent dans les arbres ?

Zadig expliqua tant bien que mal qu'en réalité, il était un très vieux monsieur qu'un ourson mité avait dépêché en ces contrées éloignées.

On le jeta comme un malpropre, en menaçant de lui couper nez et oreilles si jamais il s'avisait de revenir seul.

L'ancien vieillard ne savait que faire. Il erra longtemps au gré des caprices de son cheval; il se retrouva de longues nuits au pub, à noyer ses incertitudes, puis de longues journées allongé sur un banc écaillé. Il en vint presque à oublier d'où il venait vraiment. Un jour, cependant, un vénérable vieillard barbu s'approcha de lui alors qu'il tenait encore à peu près debout.

– Zadig, tu devrais avoir honte. Ta princesse se languit au sommet de sa tour. Bientôt elle aura vieilli, tu auras vieilli également; lorsque tu arriveras, elle s'écrira: « Dieu! Que tu es vieux! » et refusera de t'épouser. Reprends-toi!

Zadig se leva et s'inclina, frôlant le sol de son nez – fort heureusement – encore entier. Il décida de se reprendre en main. L'ancien se nommait Rodrigue. Il lui fit lire des livres sur l'escrime, le combat à mains nues, la soupe au potiron car, disait-il, un bon amant se doit de savoir cuisiner. Il ingéra sans broncher l'anatomie complète du dragon, de la vouivre des cavernes et du kraken démoniaque, apprit le maniement de l'épée longue, de la hache et du fléau, se fortifia le corps et l'esprit en courant trois kilomètres tous les matins et en n'avalant que deux brouets par jour. Le plus important requit du temps: il fallait à tout prix que la princesse soit libérée de la terrible malédiction qui pesait sur elle. L'auguste mage s'échina à préparer une potion. Son unique désagrément était son goût infect: Zadig eut l'idée de l'enrober de nougat afin d'en dissimuler le goût. Une fois la friandise prête, elle fut enveloppée avec amour dans un papier crépon d'un vert céladon et rangée dans la besace du comte. Alors, et seulement alors, ils furent fin prêts: Rodrigue enfourcha son âne gris et Zadig sa fidèle jument beige. Il traversèrent vents et tempêtes, combattirent brigands et fauves affamés; enfin, alors qu'ils cheminaient dans la forêt vierge en évitant serpents venimeux et araignées velues, ils aperçurent au loin l'immense tour de pierres grises mangée par la mousse et la moisissure. Rodrigue hurla sa joie, découvrant ses chicots branlants au fond de sa gigantesque bouche. Son cri fit s'envoler une nuée de petits oiseaux, ce qui n'avait rien d'inquiétant en soi ; en revanche, le grondement sourd qui lui répondit fut du plus mauvais effet.

– Fuyons ! hurla Zadig, blanc de terreur, alors qu'un animal certainement aussi gros que dentu faisait bruire les fougères.

Ils galopèrent ventre à terre, s'étalant dans les marais fangeux, se débattant avec les lianes, culbutant les rochers effrités, se grattant de plus en plus frénétiquement. Des tiques de tous poils se suspendaient à leur dos et sur leurs visages défaits, des plaques rouges apparaissaient par endroits.

Ils ne stoppèrent qu'une fois dans le donjon. Le lieu était sombre et humide à souhait ; une volée de marche enlaçait le pilier central.

– Il doit y avoir une bête, dit Rodrigue. Enfin j'imagine. Allons la combattre !

Zadig se sentait prêt à croquer un lion, sa horde et tout le troupeau de gazelles de son garde-manger familial. Il s'avança prudemment sur les degrés glissants, les genoux un peu mous et l'épée tendue en avant. Il grimpa les marches une à une, s'attendant à tomber nez à nez avec l'ignoble monstre à chaque tournant. Soudain, il s'arrêta, charmé, soulagé. Une femme d'une incroyable beauté se tenait assise devant lui, au milieu d'un nid de plis de velours rouge. Elle leva ses charmants yeux d'agate sur son sauveur, et sa bouche délicate, tendrement ourlée, s'ouvrit de surprise et de bonheur.

– Mon Zadig ! enfin !

Zadig laissa tomber son épée et tomba à deux genoux sur le sol. Son petit paquet-cadeau dégringola les escaliers et termina sa chute dans un bruit mou et mat. « Fichu », eut-il bêtement le temps de penser avant de défaillir comme une jouvencelle effarouchée.

De toute manière, ça n'avait aucune importance. La princesse n'aurait pu apprécier le nougat magique à sa juste valeur.

Elle n'avait pas de dents.

Quand Zadig ouvrit les yeux, ce matin-là, le jour entrait à flots dans sa chambre. La petite fille était là : elle coiffait Lenin, lui mettait des barrettes pailletées sur les oreilles, arrangeait son petit gilet de velours vert. Elle se tourna vers son grand-père, un peu intimidée.

– J'ai retrouvé Lenin, dit-elle. J'espère qu'il ne t'a pas trop embêté. Il aime bien faire peur aux gens qu'il ne connaît pas.

Zadig secoua la tête. Il regarda ses mains plus sillonnées qu'une carte routière, ses vêtements normaux, soupesa les muscles absents de ses bras maigres et parcheminés. Alors il leva les yeux, ses yeux au regard si brillant, si bleu, si jeune, et il fit quelque chose qu'il rêvait de faire depuis si longtemps.

Il sourit.

Catherine
Touche

L'Hermine noire

J'ai quinze ans, je suis née à Voljsk, en Russie, d'une mère russe et d'un père géorgien. Aujourd'hui j'habite à Acigné, près de Rennes, mais je suis fière de mes origines. C'est une différence que j'ai intensément éprouvée toute petite, elle m'a incitée à faire beaucoup d'efforts en langue française ; je lisais énormément. Mes premières expériences d'écriture se sont surtout résumées aux dictées et expressions écrites. C'est à partir du collège que j'ai vraiment commencé à y passer du temps. Écrire, c'est construire un monde dont on place soi-même les limites ; je touche à presque tous les registres, joue avec mes idées pour m'occuper. Je n'ai jamais vraiment pensé en faire mon métier, d'ailleurs, ce n'est toujours pas le cas ! Écrire ne se résume pas à des méthodes, c'est surtout un moyen d'être libre.

1

DEPUIS BIENTÔT DEUX HEURES, Lilith Perry ne bougeait plus. Première règle d'or à respecter : se taire si elle ne parlait pas.

Alors, j'attendais, je m'occupais avec mes souvenirs. Le duplex aux splendides fenêtres colorées était illuminé par les rayons d'un soleil d'après-midi. Le vitrail de la minuscule porte d'entrée blanche semblait prendre vie, son griffon avait une allure fauve. La grande mezzanine, la baie vitrée qui donnait sur un petit balcon, les bibliothèques surchargées, le bazar d'objets plus inutiles les uns que les autres, tout cela, je le connaissais par cœur. Mais l'élément auquel je finissais toujours par revenir, c'était cette fille si étrange étendue sur le parquet. Mes yeux remontaient le long de ses splendides mèches acajou, éparses et lisses, que le soleil faisait scintiller telles des flammes folles. Ils s'attardaient un instant sur les siens, d'un noir d'encre, immobiles mais brillants, qui fixaient le plafond haut. Puis dérivaient vers ses lèvres, fermes mais qu'on devinait douces. Ils longeaient les courbes de sa poitrine, à peine moulée dans un débardeur blanc, ne pouvaient s'empêcher de descendre plus bas encore, et finissaient par survoler ses longues jambes fines pour terminer leur voyage vers ses pieds nus.

Et fatalement, je me rappelai ce matin de juillet où les rues de New York étaient pleines à craquer. C'était la fête nationale des États-

Unis d'Amérique. Le bleu blanc rouge flamboyait, on avait des paquets de cinquante étoiles plein les yeux : il y avait des acrobates qui sautaient sur leurs échasses en hurlant des devises pimpantes, et des soldats qui paradaient, fiers comme des paons ; la ville entière battait au rythme d'une joie profonde, tel un cœur puissant et gigantesque. Et au milieu de ce cœur, au milieu de la foule d'Américains qui pleuraient d'émotion, il y avait Lilith. Elle était en apparence comme tout le monde, dansante et riante, feu follet parmi tant d'autres. Je me souvins clairement du minuscule drapeau américain peint sur sa joue avec une précision extraordinaire, et un sourire me vint aux lèvres. Je l'avais regardé si longtemps, ce drapeau-là, qu'aujourd'hui encore, il apparut en flash sur sa joue, et je me sentis aussitôt propulsé huit ans en arrière. Notre rencontre et toutes les sensations qui y étaient liées me submergèrent. Une fois de plus, alors que le silence était tombé sur le salon aux lambris blancs, je me retrouvai dans cet état serein et joyeux qu'ont certains nostalgiques. Elle fêtait sa onzième année ce quatre juillet. Coïncidence ? Certainement pas. Car il était impossible d'aimer quelque chose aussi fort que Lilith aimait l'Amérique. Elle était née pour aimer l'Amérique et serait volontiers morte afin de l'aimer encore ; elle l'avait dans le sang, ne manquait jamais une occasion de le rappeler. Elle avait réussi à me la faire aimer, cette Amérique ; à moi, le petit provincial italien qui venait de débarquer de son village de Campanie. Depuis, on ne s'était plus quittés. Cela avait commencé par des parties d'échecs à Central Park, il y avait eu un flottement lorsque je m'étais lancé dans ma carrière de journaliste. Puis cela avait repris avec la résolution éclatante de dizaines d'enquêtes à l'échelle mondiale, dont je m'empressais de faire des articles que les éditions s'arrachaient.

Lilith était détective amateur. Un des meilleurs, peut-être même LE meilleur. Elle n'avait pas vraiment eu besoin de faire de la publicité pour subsister : lorsque je l'avais connue, le bouche-à-oreille avait déjà construit une histoire formidable de ses capacités d'enfant prodige. Elle avait simplement loué un appartement de style Renaissance, parce qu'elle appréciait particulièrement cette époque, et elle attendait. C'était une fille plutôt patiente de nature, qui savait prendre l'ennui comme un délice. Mais elle s'ennuyait rarement. Car malgré sa situation plutôt discrète dans le vieux centre de New York, les clients se débrouillaient toujours pour la trouver. Sa réputation n'était plus à faire. Si jeune, et déjà! Il y avait beaucoup d'admirateurs. Beaucoup de jaloux aussi. Des ennemis occasionnellement. Enfin bon, une personne de son genre ne se laissait pas intimider, et les rares opposants à sa suprématie intellectuelle avaient vite fait de s'écraser au bout d'une courte confrontation. On en avait vu de toutes les couleurs avec elle, j'avais fini par tout accepter comme un fait logique. Et c'était une nouvelle journée de collaboration qui débutait, ce 24 septembre 1988. Elle débuta précisément au moment où Lilith se redressa et s'assit en tailleur, sans que rien ne le laisse présager.

– Enzo Pamaretti, la partie m'a l'air amusante.

Aha.

Lorsqu'elle appelait son interlocuteur (en l'occurrence moi) par ses nom et prénom, cela signifiait qu'elle était plus préoccupée que d'habitude. Et donc intéressée par une affaire quelconque. C'était le signe que les choses allaient commencer à bouger. Mieux que ça, « la partie m'a l'air amusante » était une entrée que mon amie utilisait pour commencer un récit. Voilà l'incroyable code de communication qu'elle avait développé: une phrase de sa part et je savais qu'une enquête était lancée et que Lilith comptait m'en exposer les détails. Bien sûr, avant cela...

– Entendu, Perry. J'amène le café.

Nous échangeâmes un sourire, et je partis docilement à la cuisine pour accomplir une tâche fastidieuse: la préparation du fameux café à la mode Perry. Il s'agissait d'une véritable épreuve de concentration et j'en avais pris des claques avant de pouvoir m'en sortir avec honneur : Lilith ne transigeait pas sur son café. L'eau devait être à une température d'au minimum quatre-vingt-dix degrés, et emplir jusqu'à deux centimètres du bord une tasse immense avoisinant le litre : quant au café lui-même, c'était du moulé labellisé américain dont on utilisait la quantité astronomique de trois cent cinquante grammes par tasse. Non, non, ce n'était pas une blague. « Sherlock Holmes fumait, eh bien moi je bois », répliquait Lilith aux médecins inquiets.

Comme personne n'osait la contrarier, elle descendait ainsi deux cafés Perry par jour, parfois trois quand la fièvre de la chasse la prenait complètement. Cette habitude, comme beaucoup d'autres, m'avait au départ effrayé ; mais elle me familiarisa avec la seconde règle d'or à connaître pour quiconque la côtoyait : Lilith savait toujours ce qu'elle faisait et ne supportait pas qu'on mette ce point en doute. J'achevai donc ma préparation et, certain d'avoir respecté la recette à la lettre, l'apportai dans le salon, où je la tendis encore fumante à la jeune femme. Celle-ci me remercia d'un signe de tête, prit le café et m'invita à m'asseoir. Je m'exécutai, préférant néanmoins un fauteuil baroque au parquet froid. J'attendis encore, conscient que cette fois le silence ne serait pas long ; j'eus raison. Lilith avala une gorgée de son breuvage, eut un soupir d'aise et prit la parole. Je me concentrai au possible pour ne pas en perdre une miette. Sa voix mûre, assurée et cadencée, emplit la pièce et prit presque autant de place que les meubles dorés qui s'y trouvaient. Comme d'habitude, elle imposait un respect muet, l'ordre de l'écouter était clair.

– J'ai reçu un drôle de coup de fil hier, Enzo. Enfin, plutôt ce matin, à trois heures. Vois-tu, j'étais en train de terminer le puzzle dont je t'avais parlé, quand cette sonnerie m'a dérangée. Il faudrait la changer, elle est trop forte. Bref, devine qui je trouve à l'autre bout ? La mairie de Rennes.

Elle rit, comme si elle venait de sortir la chute du mois. Je la regardai sans comprendre, et lorsqu'elle vit mon expression interrogatrice, elle leva les yeux au ciel.

– Franchement, des fois, j'ai l'impression de m'adresser à un pamplemousse indien. Réveille-toi un peu ! Rennes ! N'est-ce pas déplacé ? Je dirais grotesque, si l'affaire qu'on m'a proposée n'était pas digne d'intérêt.

Toujours aucune réaction de ma part. Lilith se redressa brusquement, sans pour autant laisser échapper la moindre goutte de sa tasse ; elle se dirigea tout droit vers la somptueuse carte du monde peinte à la main qui s'étendait sur tout un mur du salon, et pointa avec violence un point précis de ladite carte. Je plissai les paupières pour discerner ce point, et avançai d'une voix mal assurée :

– En Bretagne ?

– Attention... la *capitale* de la Bretagne, Enzo ! s'exclama mon amie. J'ai toujours aimé les capitales. Mais, chose qui m'a refroidie, cette capitale-là ne compte même pas deux cent mille habitants. Voilà qui est bien triste.

Je soupirai. Deux cent mille habitants. Où est-ce que Lilith comptait nous entraîner, cette fois ? Dans quel patelin comptait-elle faire la démonstration de ses talents ? Elle paraissait toujours mépriser les petites villes ; pourtant, elle s'y rendait souvent. C'était la plupart du temps là-bas que se trouvaient ces fameuses énigmes insolubles sur lesquelles personne n'avait encore cru bon de se pencher. Deux cent mille habitants... Qu'est-ce que c'était, par rapport à New York ? Même pas un quartier. D'un autre côté, un bol d'air ne nous ferait pas de mal ; depuis bientôt un an, nos activités s'étaient cantonnées à la côte est des États-Unis. Quoique je doutais que les rivages de l'océan Atlantique fussent plus accueillants de l'autre côté qu'ils ne l'étaient ici. Je préférai abandonner ces tristes pensées, et reportai mon attention sur Lilith, qui était retournée sur le parquet, juste à côté de la cheminée de marbre. Elle avalait son café à toute vitesse, comme si quelqu'un allait bientôt le lui arracher des mains. Elle reprit enfin la parole, toujours souriante.

– La Bretagne est dotée de l'une des plus mauvaises situations météorologiques de France, mais je pense que nous nous habituerons ; après tout, en pluie et grisaille, nous sommes leurs dignes concurrents. Ne fais pas cette tête ! Ce n'est pas un bourg perdu comme tu as l'air de le croire. Rennes a une très riche histoire, que d'ailleurs je te conseille de connaître un minimum. Nous risquons bien d'y rester quelque temps ; je ne compte pas laisser passer une opportunité pareille. Regarde-moi un peu ça, Enzo.

Elle sortit de la poche de son jean une boule de papier froissé qu'elle me lança. Je l'attrapai au vol et la dépliai ; dans un coin de la feuille, était gribouillé un petit dessin de rongeur. Le bout de sa queue était noir.

– C'est une hermine, constatai-je.

– L'hermine est le symbole de la Bretagne. La légende raconte que le duc de Mordelles, sur le point d'être écrasé par une armée ennemie, a vu comment une hermine faisait mine de fuir un chien, et se retournait au dernier moment pour contre-attaquer. Il a appliqué cette stratégie face à ses adversaires, et a vaincu avec brio. Il a fait graver une hermine sur l'arcade des portes mordelaises, qui sont aujourd'hui le plus célèbre vestige de l'ancien rempart de Rennes. On pense que c'est depuis cette époque que le manteau d'hermine est devenu une marque de noblesse.

Je fixai un moment le dessin. Ce n'était pas pour rien que Lilith m'en parlait autant. La jeune femme voulait me faire comprendre quelque chose, et je réfléchis comme je le pus, pour essayer de deviner quoi.

– C'est une affaire en rapport avec ce symbole ? Quelque chose représentant l'hermine a été volé ?

Elle me fit un signe menaçant du doigt, comme une mère grondant son enfant. Son sourire mystérieux ne présageait rien de bon.

– Tss tss, Enzo ! Qu'est-ce que je t'ai appris en premier ?

– La patience, Perry, répondis-je par réflexe.

– Bien ! Applique-moi ce cours pour les vingt-quatre heures à venir et tu en seras récompensé.

– Vingt-quatre heures ?

– Le temps de prendre le premier avion pour Paris, le premier train pour Rennes, et de rencontrer celui qui nous appelés à son aide ! Ça te laisse un peu de marge pour réfléchir.

D'accord, le message était clair. Je devais me taire pendant tout le voyage. En tout, ce jour-là, je n'aurais prononcé qu'une trentaine de mots.

2

– Enzo, tu ne trouves pas que ma poitrine est trop grosse ?

Je l'observai un instant, ne sachant trop comment réagir. J'avais accompli mon devoir à merveille en me gardant de lâcher un mot de tout le trajet.

Nous avions fait nos valises très rapidement ; je n'avais pas grand-chose à emporter ; Lilith, quant à elle, avait appliqué une méthode de rangement implacable, que le bazar ambiant dans lequel elle vivait ne laissait pas supposer. Elle avait encore réussi à faire rentrer tout et n'importe quoi dans une simple mallette, parvenant même à la refermer après y avoir casé un télescope. Nous nous étions retrouvés en moins de temps qu'il n'en faut pour le dire dans le taxi pour l'aéroport Kennedy. Un vol en première classe, comme d'habitude : le gouvernement américain avait offert de nombreux privilèges à sa meilleure enquêtrice afin de la remercier de quantité de services rendus au pays. En un mot, tout s'était passé sans anicroches. Il y avait certes eu un moment où mon amie crut avoir oublié de fermer sa porte à clé. Elle s'était montrée un peu nerveuse et avait rajusté le col blanc de son tailleur Chanel une bonne quinzaine de fois ; mais cela n'avait pas duré.

Bref, tout allait bien jusque-là, et en silence. Vous ne vous étonnerez donc pas si ce que Lilith venait de me demander m'inquiéta un peu. Elle n'avait pas abusé de l'alcool, pourtant. Pourquoi cette étrange question ? Après ces deux premières heures dans le train qui devait nous mener à Rennes, j'aurais espéré quelque chose de plus... sensé. Cependant, je me soumis aussitôt à la troisième règle d'or : quelle que soit la question posée par Lilith, essayer d'y répondre et ne surtout pas s'en étonner. Je m'efforçai donc de réfléchir le plus sérieusement possible, histoire que mes premiers mots en vingt heures ne soient pas une vacherie.

– Ta poitrine est… normale, Perry.

Mes yeux dérivèrent à nouveau vers le décolleté attractif (sans être provocant), que mon amie arborait.

– Peut-être un peu plus imposante que la moyenne.

Tais-toi, me dis-je. Mais des mots trop longtemps retenus tournent souvent en bêtises, et une fois de plus, j'en fis les frais.

– Je dirais qu'elle est respectable.

– Ferme-la !

– Soit dit en passant, ce décolleté te va très bien.

Lilith esquissa un sourire éclatant.

– Merci, Enzo. Ta réponse est plus que satisfaisante.

Elle porta une énième tasse de café (de taille raisonnable, celle-là) à ses lèvres, et replongea dans son mutisme. Je n'eus aucun éclaircissement.

Le reste du voyage se déroula en silence. Il était près de quatorze heures lorsque nous sortîmes du wagon. Je somnolais encore à moitié, mais Lilith ne semblait pas fatiguée pour autant. Bien au contraire, elle attrapa nos valises – sa mallette et mon sac – d'une main, et de l'autre me tira par la manche pour m'entraîner à travers la foule encombrant la gare tout en claironnant un « Bienvenue à Rennes ! » en français. Ses talons aiguilles vertigineux claquaient avec assurance sur les dalles polies. J'étais son aîné de neuf mois et me sentais petit, toujours, à côté d'elle. Précisons-le, s'il y avait une chose qui impressionnait de premier abord lorsqu'on rencontrait la plus intelligente des Américaines, c'était sa taille. À dix-neuf ans, Lilith avoisinait les deux mètres. Et elle n'hésitait pas à le souligner par des tenues qui l'allongeaient, tels des pantalons droits ou des vestes à tendance androgyne, qui lui donnaient l'allure d'une femme d'affaires tirée à quatre épingles ; de plus, elle avait les chaussures plates en horreur.

Et ce jour-là, comme lors de toutes ses arrivées à l'étranger, Lilith ne passait pas inaperçue. Les habitants locaux, les vendeurs de journaux à la criée comme les touristes de toutes nationalités se retournaient sur son passage, tantôt stupéfaits, tantôt intrigués. Remarquez, elle les dépassait tous d'une tête au moins, moi y compris. Elle fendait la fourmilière ambiante avec une facilité déconcertante, droite comme la justice : et je me fis l'effet d'un enfant que sa mère emmenait en colonie de vacances. Désireux de paraître moins ridicule, je repris contenance et accélérai le pas pour revenir au niveau de mon amie, essayant de ne pas me montrer obnubilé par sa démarche quasi royale.

Une fois le bâtiment de la gare derrière nous, nous nous engageâmes sur l'avenue Janvier, bordée de boutiques de souvenirs et de restaurants ; je souris en voyant Lilith se réjouir de tout, s'attarder devant les vitrines, et passer cinq bonnes minutes à contempler les bateaux-mouches sur le quai Émile-Zola. Mais cette apparente excitation de la touriste moyenne cachait autre chose pour qui la connaissait. Ses yeux passaient d'un objet à l'autre à vitesse grand V, et je savais qu'elle enregistrait tout ce qu'elle voyait aussi sûrement qu'un ordinateur stockant des fichiers. Les peurs que j'avais eues à l'idée d'une ville triste et grise s'estompaient peu à peu : Rennes avait du charme, et alors qu'à notre entrée dans la région une averse s'était abattue, le soleil daignait maintenant nous souhaiter la bienvenue. Aussi étais-je fatigué mais de bonne humeur quand notre promenade nous mena devant l'une des plus importantes constructions de la ville.

Le parlement de Bretagne semblait nous toiser, tout comme les angelots dorés étincelants qu'il exhibait sur son toit. Les lourdes briques claires lui donnaient un aspect à la fois solide et paisible. Nous gravîmes les grosses marches du perron et Lilith ouvrit sans aucun effort la monumentale porte en bois sombre, pénétrant dans le grand hall au sol de pierre comme si elle était chez elle. Je m'empressai de la suivre, beaucoup plus impressionné qu'elle par l'aspect austère et dénudé de la pièce. « Dites tout de suite la vérité, nous l'apprendrons de toute façon », semblait être son message. La jeune détective, elle, ne voulait apparemment pas perdre son temps avec ce genre d'observation. Elle avait déjà échangé quelques mots avec la secrétaire d'accueil, et sortait de la salle par une porte latérale. Je la rattrapai. Nous traversâmes une grande cour intérieure (elle aussi pavée), montâmes un nombre indéfini de marches épaisses. Nous finîmes par passer une autre porte, aussi imposante que la première, et nous retrouvâmes dans une immense salle. Son parquet était ciré à la perfection, elle avait de hautes fenêtres, et un plafond couvert de dorures. Des bancs de bois étaient alignés contre les murs. Un homme semblait nous attendre. De forte corpulence, plutôt petit, il paraissait très nerveux, et faisait les cent pas devant son interlocutrice ; son costard cravate lui donnait un air sérieux qui contrastait avec ses traits bonshommes. Ses épais sourcils blonds étaient froncés, son front plissé et légèrement dégarni. Ses cheveux avaient été lissés à la va-vite. Il faisait les cent pas et tournait autour d'une grande boîte en carton, de celles qu'on utilise pour un déménagement. Lorsqu'il nous vit arriver, il eut un grand sourire, et serra chaleureusement la main de mon amie, puis la mienne.

– Ah, mademoiselle Perry ! Vous ne vous imaginez pas quel espoir vous m'apportez en me faisant l'honneur de venir ! J'ai eu peur que vous ne me preniez pas au sérieux...

– Ben voyons, nous ne sommes pas des citadins orgueilleux et finasses. Enfin, pas QUE des citadins orgueilleux et finasses. Nous savons nous intéresser à une affaire sans chipoter sur son contexte.

– Et il s'agit de votre assistant, c'est ça ? Je suis Loïc, duc de Mordelles. Enchanté, monsieur…

– …Pamaretti, achevai-je. Enzo Pamaretti. Ravi de faire votre connaissance.

– Bien ! reprit Lilith. Les présentations étant faites, je pense qu'il est temps pour vous de nous raconter ce pour quoi nous sommes venus. (Elle s'assit avec aisance sur l'un des bancs, et me fit signe de m'asseoir à ses côtés.) Recommencez depuis le début ce dont vous m'aviez fait part par téléphone, Enzo n'étant pas présent à ce moment-là, et à l'occasion, rappelez-vous d'autant de détails que vous le pouvez.

– En français ? Je veux dire, est-ce que monsieur Pamaretti…

– Il comprendra. Ne vous inquiétez pas, il sait se débrouiller.

Sa confiance me faisait honneur. Il n'empêche que je n'étais pas sûr de tout saisir. Si Lilith parlait six langues couramment, j'étais loin d'atteindre son niveau. Cependant je ne dis rien, n'ayant pas envie de la décevoir.

Le duc sortit un mouchoir de sa poche et s'essuya le front avant de reprendre.

– Bon… J'aimerais d'abord vous parler de celui qui a pendant longtemps été mon meilleur ami.

– Cet ami doit jouer un rôle important dans l'histoire ? interrogea Lilith.

– En effet ! Il s'appelait Harinder Abhra. C'était l'héritier d'une riche famille de nobles indiens. Un homme en or, honnête et rieur. Un vrai feu de joie à lui tout seul ! Comme il avait des soucis de santé, il avait préféré le calme des Alpes aux banlieues bruyantes et polluées de New Dehli, d'où il vient. Cet ami, donc, avait une passion : les animaux rares. Et surtout ce qu'on pouvait en faire. Il possédait la plus grande collection de fourrures de son pays. Dans sa jeunesse, il a entrepris des dizaines d'expéditions à travers le monde, pour rechercher des spécimens jamais vus, et les récits qu'il en rapportait étaient toujours fabuleux. Aussi était-ce un homme qui avait de la conversation ; il était d'une excentricité à s'en frapper la tête contre les murs ! Bref, lorsqu'il avait emménagé à Chamonix… vous connaissez Chamonix ?

– Certainement. C'est une station de ski à la mode, dans les Alpes.

– Exactement. À Chamonix, donc, il avait convié quelques invités triés sur le volet à une petite fête d'arrivée. Je me souviendrai longtemps de cette soirée ; c'était quelqu'un qui savait recevoir. Nous nous étions retrouvés sur la terrasse de son chalet flambant neuf, avec une vue improbable sur le versant de la montagne voisine. Nous sirotions un bon champagne, lorsque j'ai aperçu une hermine qui courait dans la neige. J'en ai ri, et j'ai plaisanté en disant qu'il s'agissait sans doute d'un messager venu me transmettre le bonjour de ma région natale. Abhra a ri aussi, mais il a surtout contemplé l'ombre de l'hermine qui s'étirait sur la neige, plutôt que l'animal lui-même. C'est vrai, moi aussi je me souviens avoir trouvé ce spectacle fascinant ; le coucher du soleil lui donnait un aspect singulier, presque irréel, je ne sais pas si vous pouvez l'imaginer.

– Je vois.

– Et là… Là, mademoiselle, l'homme me dit : « Vous ne trouveriez pas ça merveilleux, un manteau d'hermine noire ? » Je vous avoue que sur le coup, je n'ai pas franchement compris. Sans doute avait-il été inspiré par l'ombre de l'hermine. Je me suis empressé de lui répondre qu'une hermine noire, ça n'existait pas. J'en étais absolument certain ; s'il y a un animal que je connais, c'est bien celui qui sert de symbole à ma famille depuis des siècles, vous comprenez ?

– Tout à fait. Mais j'imagine qu'il ne vous a pas écouté ?

– Pas du tout ! Au contraire, même ! Il était têtu comme une mule, c'était d'ailleurs un de ses seuls défauts. Dès que j'ai émis cette objection, il s'est enflammé ; il soutenait que si, cet animal existait ; que la Nature pouvait tout engendrer, et qu'il trouverait cet animal ; qu'il en trouverait même assez pour en faire un manteau ! Vous vous rendez compte, un manteau ! Il faut des centaines d'hermines pour faire un manteau ! J'ai bien sûr protesté en soutenant qu'il se trompait, mais il n'a rien voulu entendre. Il a parié sa propre tête qu'il trouverait. Deux semaines plus tard, il est parti en expédition dans les hauteurs pour trouver des hermines noires. Tout son entourage le prenait pour un fou. Il avait cependant déjà fait beaucoup de découvertes abracadabrantes auparavant ; et dans des lieux plus dangereux les uns que les autres. Alors on l'a laissé partir sans trop de crainte. C'était il y a quatre ans.

– Et il n'est pas revenu.

Notre client pâlit à vue d'œil.

– Non, il n'est pas revenu. On n'a pas retrouvé son corps, ni celui de ses dix accompagnateurs. On n'a rien retrouvé du tout, d'ailleurs. Et pourtant, je peux vous dire que son expédition ne passait pas inaperçue et était très bien équipée ; il en avait les moyens. Mais il n'y a eu aucun message de détresse, aucune trace. Ils se sont tout simplement volatilisés. On a tenu Abhra pour mort un an plus tard.

– Ils ont pu tomber dans une crevasse, ou bien une avalanche les aura ensevelis. Expérience ou pas, personne n'est à l'abri de ce genre d'accidents.

– Vous avez raison, je ne dis pas le contraire. C'est tout autre chose qui me tracasse.

– Ah, parfait ! Voilà donc l'affaire en elle-même : si je ne m'abuse, cette chose est dans cette boîte.

Je reportai mon regard sur ladite boîte. Je n'y vis rien d'extraordinaire, si ce n'est qu'elle semblait poussiéreuse et légèrement cabossée. Des bouts de Scotch la barraient de part en part, et une étiquette portant le code postal de Chamonix était collée sur son flanc.

– C'est un colis que vous avez reçu ? m'aventurai-je.

– Oui. Il est arrivé il y a deux ans...

– Donc, un an après qu'Abhra a été déclaré mort, acheva Lilith. Et vous êtes sûr qu'il porte son adresse ?

– Certain.

– Parfait. Montrez-nous cette fourrure.

– Quoi ?

Le duc n'avait pas parlé de fourrure. Mais lorsque je vis sa figure décomposée, et les yeux brillants de mon amie, je compris qu'elle avait visé juste. Encore une fois. Cependant, je ne m'attendais pas, lorsque de Mordelles déploya le contenu de la boîte, à un tel choc.

Pendant une fraction de seconde, je crus qu'une immense bête avait bondi devant nous. C'était un manteau énorme, d'un noir de jais, qui ondoyait de mille reflets voluptueux au soleil. Il s'en dégageait une aura majestueuse, presque mystique ; le duc paraissait si insignifiant à côté d'elle, que l'idée même qu'il puisse vouloir la porter me révulsa. La fourrure était cousue avec une telle virtuosité qu'elle ressemblait à un véritable animal sauvage, indomptable. N'importe quel humain m'en paraissait indigne. Je fixai longtemps le vêtement, complètement ébahi ; je n'avais jamais rien vu de tel.

Lilith resta silencieuse cinq secondes durant. Personne n'osa prendre la parole. Elle regardait la fourrure, mais j'avais l'impression qu'elle ne la voyait pas ; ses yeux étaient vagues, indifférents. On aurait dit qu'elle songeait à autre chose et qu'elle se trouvait seule dans la pièce. Au bout d'un moment, ses lèvres remuèrent légèrement, formant quelques mots que je ne compris pas. Puis elle se releva comme si on l'avait montée sur ressort, et nous sursautâmes. Elle ne le remarqua pas (ou ne jugea pas utile de le remarquer), s'avança vers le duc avec un air ravi et lui serra la main avec une énergie qui le fit grimacer.

– Intéressant ! Vous êtes un bon conteur, monsieur de Mordelles !

– Euh, si vous trouvez...

– J'ai appris tout ce dont j'avais besoin pour le moment. Je pense que ce problème n'est pas insoluble. J'y réfléchirai cette nuit, je vous donnerai quelques idées demain soir, mais je préfère vous prévenir : résoudre cette enquête prendra au minimum deux mois. Ensuite, si cela ne vous dérange pas, il serait préférable – voire indispensable – que j'embarque la boîte ici présente et le manteau. Ils vous seront rendus une fois l'affaire réglée, mais je doute qu'ils vous manquent, vous avez l'air de les craindre comme la peste.

Le pauvre homme était perdu. Lilith avait parlé à toute vitesse, signe qu'elle était pressée de rentrer. D'ailleurs, cette hypothèse fut vérifiée lorsque au premier signe d'assentiment de notre client elle lui arracha le manteau des mains et y fourra à la place un papier avec l'adresse de notre hôtel et son numéro de téléphone. Puis elle jeta la fourrure dans le carton sans plus de cérémonie, attrapa celui-ci avec une facilité déconcertante, et après avoir à nouveau serré la main du duc et s'être répandue en formules de politesses, elle quitta la salle d'un pas proche de la course.

Je soupirai à l'idée que j'allais encore devoir sprinter tout le long du chemin pour tenir son rythme. Et je ne savais même pas où nous allions dormir ce soir.

3

– Magnifique, n'est-ce pas ?

Lilith examinait le manteau avec une admiration sourde. Elle l'avait posé sur ses genoux et le caressait tendrement, comme un chat domestique. J'eus à nouveau la vision fugitive d'un grand animal. Cette fois, il se reposait auprès de son maître. J'imaginai la surface soyeuse se soulever à un rythme régulier, les deux boutons de nacre bouger puis se fermer. Il était près de vingt-trois heures, notre suite était éclairée par une unique lampe de chevet : Lilith avait insisté pour rester dans la pénombre. D'après elle, l'obscurité forçait l'imagination. Comme d'habitude, elle s'était assise à même le sol. Sa main pâle et fine se détachait sur la fourrure noire telle une araignée fantôme. J'acquiesçai de la tête, attendant la suite. Elle ne fut pas longue à arriver : l'Américaine leva les yeux vers moi, un sourire sibyllin étirait ses lèvres.

– Alors, dis-moi ce que tu en penses.

– De l'affaire ?

Je cherchai mes mots quelques instants, rassemblant tout ce que j'avais entendu, puis me passai une main dans les cheveux et repris.

– Cette histoire, c'est un peu n'importe quoi. Je veux dire, rien ne concorde, ou en tout cas je ne vois rien qui puisse être rattaché entre les différents éléments qu'on a.

– Tu ne vois jamais rien, mon pauvre. Ça doit être dur de vivre avec tes yeux. Allez, deuxième chance. Qu'est-ce que tu penses de cette fameuse fourrure ?

– Elle est très belle.

– Ça, même un idiot ignare de la mode peut le dire. (Elle palpa le manteau d'une main experte.) Je suis sûre qu'un spécimen exceptionnel a été dépecé pour fabriquer une telle merveille.

– Un ? Il aurait fallu plusieurs hermines pour...

Je n'eus pas le temps de terminer ma phrase que Lilith éclata de rire.

– Des hermines ? *Ça ?* Enzo, Enzo ! Un peu de jugeote ! Un manteau d'hermine n'arriverait pas à la cheville de celui-là ! Et puis franchement, l'hermine noire, c'est bien cet élément-là qui peut être qualifié de n'importe quoi.

– Mais pourquoi pas ? Après tout, cet Abhra aurait pu en trouver.

– Certainement pas. Il faut des centaines d'hermines pour fabriquer un manteau de cette envergure, notre client l'a dit. Qu'Abhra ait trouvé ne serait-ce qu'un spécimen noir relèverait déjà du sensationnel... Mais là, il aurait déniché toute une colonie ! Impossible. J'aimerais que nous soyons d'accord là-dessus : ce manteau est splendide, certes, mais il ne s'agit pas d'hermine. Question suivante : il n'y a pas un autre détail qui te gêne concernant le colis en lui-même ?

– Sa date d'envoi.

– Ah ! Maladroitement formulé, mais c'est ça. Je rappelle que nous ne connaissons pas exactement cette date d'envoi, et que c'est donc la date de réception qui étonne. C'est pour ça que j'ai pris la boîte. Elle nous en apprendra beaucoup, j'en suis sûre. D'ailleurs, tant qu'on y est ! Passe-la-moi, Enzo.

J'obéis, non sans une certaine excitation. Les choses sérieuses allaient commencer. Lilith posa la fourrure à ses côtés, mettant cette fois devant elle le carton, et sortit de sa poche un bout de verre bombé qui lui servait de loupe. Elle le passa sur toute la surface de la boîte, assez loin de son œil, et l'inspecta avec une minutie teintée de désinvolture. Puis elle la retourna, passa ses doigts sur ses parois, éprouva le Scotch, pinça furtivement les rebords ; ses yeux couraient sur l'objet avec le même intérêt que s'il s'était agi d'un chef-d'œuvre de joaillerie, et s'attardèrent sur l'étiquette. Jusqu'à ce qu'un éclat traverse ses pupilles, minuscule mais perceptible. Je souris.

– Alors, quelque chose d'intéressant ?

– En effet. Très intéressant.

– Et je peux savoir de quoi il s'agit ?

– Non.

– Ah, pardon.

– Je plaisante, Enzo ! C'est une blague. Bien sûr, tu peux.

– Merci.

Je me levai de mon lit et allai m'asseoir à côté de mon amie. Elle s'était légèrement déplacée pour examiner la boîte à la lumière de la lampe, et l'avait penchée selon un angle précis. Je tentai à mon tour de trouver un indice quelconque, mais séchai.

– Hem... Je ne vois pas.

– Évidemment, répliqua Lilith avec un soupir. L'étiquette, Enzo. Concentre-toi sur l'étiquette. Et si tu me dis encore que tu ne vois rien, je t'envoie chez l'ophtalmologue à coups de pied là où je pense.

Je me sentis rougir, et m'empressai de contempler la plaque. Elle n'avait rien de particulier, un code postal, d'autres codes que je n'essayai pas de comprendre, une adresse, un tampon de la poste ; bref, tout ce qu'on pouvait trouver sur ce genre de papier. En désespoir de cause, je passai sans conviction un doigt sur l'étiquette... Et rencontrai une bosse. Tiens tiens. J'en fis le tour, elle était rectangulaire, un peu plus petite que celle qui la recouvrait. Je jubilai, Lilith aussi, apparemment.

– Il y a quelque chose dessous.

– Exact.

– Une autre étiquette, probablement. Ou peut-être un autre papier.

– En tout cas, il y a quelque chose. Cette étiquette-là n'est pas la seule. Qu'est-ce que tu en déduis ?

– Que la nature de l'expéditeur pourrait prêter à confusion ?

– Bien ! Hypothèse ?

– Je ne sais pas... (J'hésitai un moment avant de me lancer.) Peut-être que ce colis ne vient pas que de Chamonix ? Je veux dire, qu'il est passé par Chamonix mais qu'il vient d'un autre endroit ? On aurait cherché à le cacher en collant une étiquette par-dessus l'originale... Enfin, c'est un peu tiré par les cheveux...

– Non, non ! Au contraire ! Tu fais un bon théoricien, lorsqu'on te met les éléments sous les yeux. Ce que tu viens de dire est pertinent, très pertinent même !

Elle arbora un sourire éclatant, et me gratifia d'une tape sur l'épaule. J'en fus heureux ; j'avais réussi à la rejoindre dans ses raisonnements. Ce n'était pas courant, et je profitai de ce moment de fierté – que je n'avais pas tant mérité que ça, puisque comme elle l'avait si justement dit, on m'avait mis les éléments sous les yeux. Mais je venais de repérer un indice capital auquel Lilith attachait une grande importance ; je me sentais sur la même longueur d'ondes qu'elle et c'était comme une médaille épinglée sur ma poitrine. Cependant, je n'eus pas le temps de me réjouir plus que ça. Les paroles qui suivirent me plurent beaucoup moins.

– Maintenant, au lit. La journée a été longue.

– On n'enlève pas cette étiquette pour voir ce qu'il y a dessous ?

– Oh, si ! Mais je pense qu'une seule paire de mains y arrivera très bien, d'autant que ce seront les miennes.

– Mais, et...

– Je me suis sans doute mal exprimée. Le « au lit » *te* concerne, Enzo. Va dormir. Tu ne t'es pas vu, on dirait une asperge cancéreuse.

Allez, je sais que tu n'es pas d'accord, mais si je te le dis, c'est que c'est pour ton bien. Je ferai le moins de bruit possible.

Je me mordis la lèvre. Je ne pouvais qu'admettre qu'elle avait raison. Après une journée et demie de voyage, je ne devais pas avoir belle mine. Je lui en voulais un peu, pourtant, de m'écarter de la sorte. Après tout, je l'avais accompagnée jusque-là et j'avais envie de ne rien rater. Néanmoins, je me pliai à ses conseils et me dirigeai d'un pas traînant vers la salle de bains. Mon reflet dans le miroir n'était pas reluisant, je me fis presque peur. Une bonne nuit de sommeil ne pourrait qu'arranger ça ; je jetai un œil à ma montre, elle affichait 1h30 du matin. J'étais debout depuis quarante heures au moins.

Je boudais encore en revenant dans la chambre après m'être lavé et changé. Lilith s'était retirée dans le petit bureau attenant avec sa mallette, la boîte et le manteau. Je marmonnai un « bonne nuit » auquel elle ne répondit pas, et m'enfonçai dans mon lit. Ce fut à ce moment-là que je pris conscience de l'ampleur de ma fatigue. Le sommeil m'emporta presque immédiatement, et ma dernière vision avant de plonger fut celle du rai de lumière qui s'échappait de la porte.

L'Américaine ne dormirait pas cette nuit, j'en étais persuadé.

Il était midi lorsque je me réveillai. Le soleil entrait à flots par la fenêtre et me fouettait le visage. Je m'en voulus aussitôt... Peut-être que Lilith avait fait d'énormes avancées durant la nuit, et qu'elle avait eu besoin de moi ; et je dormais. Elle ne me dérangeait jamais lorsque je dormais. Cela m'avait valu de passer à côté d'un bon nombre de détails, et voilà que ça recommençait. Je me sentais en pleine forme mais coupable. Je ne l'avais pas suivie jusqu'en France pour dormir, tout de même. Je sautai du lit sans plus attendre et me précipitai dans le bureau. La porte était ouverte, il n'y avait personne. Une feuille de papier était posée sur la table. Quelques mots y avaient été griffonnés à la va-vite. Je reconnus l'écriture à l'encre noire de mon amie.

La partie avance. Reviendrai vers quatorze heures, occupe-toi comme tu peux.

L. P.

Je restai une bonne minute immobile, le papier dans les mains, lisant et relisant l'unique ligne pour vérifier qu'aucun code n'y était caché. Quand je me fus assuré qu'il s'agissait bien d'une simple indication pratique, je déambulai dans la pièce. Tout le contenu de la mallette avait été éparpillé sur la moquette. La fourrure trônait sur le lit, ainsi que le colis. Je pris celui-ci dans mes mains et le retournai rapidement. Lilith m'avait dit de m'occuper comme je pouvais, eh bien, j'essaierais de voir ce qu'elle avait trouvé derrière cette fameuse étiquette.

Il y en avait bien une deuxième. La première avait été à moitié décollée, emportant avec elle la couche supérieure du carton. Je l'écartai fiévreusement, assez pour lire une toute autre adresse.

Le colis avait été envoyé depuis New Dehli.

4

Une heure plus tard, le soleil se couvrit de nuages et il commença à pleuvoir. Ce ne fut au départ que quelques gouttes orphelines, mais des renforts arrivèrent très vite et une véritable averse tomba sur la ville. Avec elle, mon dynamisme baissa en flèche. Je me sentis enveloppé d'une torpeur bizarre, qui ne me donnait qu'une seule envie : rester affalé dans un fauteuil à ne rien faire. Je décidai de profiter de l'heure que j'avais devant moi pour mettre à l'écrit tout ce que j'avais vécu depuis notre départ avant-hier. Je commandai donc un petit déjeuner à la réception et me retrouvai très vite à croquer diverses viennoiseries en noircissant les pages de mon calepin blanc, que j'emportais toujours dans mes bagages. J'y notai toutes mes impressions, mes idées, puis mis le tout sous forme d'un récit présentable. Au bout d'une demi-heure je relus le résultat. Plutôt satisfaisant. Comme il me restait un peu de temps, je me laissai aller contre le dossier de mon fauteuil, et contemplai vaguement la vue qu'offrait la fenêtre en sirotant mon thé. La Vilaine, fleuve traversant Rennes, était parsemée de milliers de points et de cercles ; les fleurs qui décoraient les quais pliaient sous un vent d'ouest.

Toutes mes pensées tournaient autour de l'affaire en cours. Ainsi, la fourrure ne provenait pas de Chamonix mais d'Inde. Déjà, cela lui donnait une autre dimension ; les derniers doutes que j'avais eus à propos de l'hermine noire s'étaient dissipés. Le manteau était fait d'une tout autre peau. Le duc de Mordelles avait donc été trompé. Abhra (si c'était lui), avait envoyé autre chose pour lui faire croire qu'il avait gagné le pari. Mais le colis n'avait été reçu qu'un an après sa mort présumée. Donc, soit Abhra avait utilisé des complices, soit il était bien en vie. Peut-être se cachait-il. Mais pourquoi se faire passer pour mort, s'il avait un moyen de régler l'affaire sans perdre sa réputation ? Un tel acte devait être mûrement réfléchi et préparé avec soin. Réagir ainsi à l'échec d'une recherche me paraissait démesuré, même pour un homme aussi fier. De plus, s'il ne voulait pas qu'on le découvre, il avait fait un faux pas évident en envoyant le manteau. Quelque chose clochait.

Je cherchais encore lorsque le bruit de la porte qui s'ouvrait me fit lever la tête. Lilith entra dans la chambre, trempée jusqu'aux os. L'eau dégoulinait de ses cheveux et sur son front, sa chemise s'était collée à sa peau ; mais son visage était si rayonnant que le reste importait peu. Je quittai mon fauteuil pour la recevoir et la débarrasser de sa veste. À peine m'eut-elle aperçu qu'elle s'élança vers moi en riant et m'étreignit de toutes ses forces. Je crus étouffer. Mais au moins, le message était clair.

– Tu as trouvé.

Elle s'éloigna rapidement de moi et tapa dans ses mains comme une enfant en me jetant un regard joyeux.

– Presque, presque ! C'était facile. Mais dis-moi d'abord, tu viens de te réveiller ?

– Il y a une heure, admis-je, un peu gêné. Mais j'ai eu le temps d'écrire.

Je lui montrai le calepin, elle me le prit des mains.

– J'en étais sûre. C'est ton article ?

– Seulement une ébauche. Et il n'y a pas encore la fin.

– Elle y sera très bientôt. Je peux lire ?

– Si tu as du temps à perdre.

– N'importe quoi ! J'aurai toujours du temps à perdre pour ce que tu écris, Enzo. Et je n'aime pas la fausse modestie.

Lilith ouvrit le carnet et parcourut mes lignes. Je me rassis et attendis son verdict. S'il y avait un lecteur dont l'avis m'importait, c'était bien elle. Elle suivait toutes mes productions de près, y accordant un intérêt que je ne pensais pas mériter. Raconter ses aventures m'avait tenu à cœur depuis le début, et je cherchais à être le plus fidèle possible aux faits.

Au bout d'une minute où j'eus du mal à garder patience, l'Américaine releva la tête. Elle riait à nouveau.

– Romancé ! Je ne suis pas celle que tu décris. Je te l'ai toujours dit, je te le dis encore. Tu t'obstines à me lancer des fleurs, alors que je ne fais que mon travail.

– Ce n'est pas officiellement ton travail, Perry.

– On me paie pour, ça ne change rien. Et ne détourne pas la conversation ! Tu veux que j'oublie ce que j'étais en train de te dire ?

– Non, quelle idée.

Cette réplique me valut un coup de calepin sur la tête, et je me mis à rire à mon tour. Nous passâmes un moment à nous chamailler, avec pour fond la pluie qui s'écrasait sur les vitres.

Mais tout a une fin. Lilith finit par m'ébouriffer les cheveux et attrapa son sac Louis Vuitton, puis reprit la parole en l'ouvrant.

– Passons aux choses sérieuses. Je me suis un peu promenée ce matin, histoire de me dégourdir les jambes. Je n'ai pas dormi cette nuit, tu t'en doutes. Trop de choses à vérifier. Bref, je marchais tranquillement du côté de la place de la République, je suis passée devant une librairie et j'ai vu la couverture d'une encyclopédie animale. Et devine ce qu'il y avait sur cette couverture ?

– Une herm...

– Je t'ai dit d'oublier ça ! Pas d'hermine, cette idée n'a aucun fondement. Réfléchis un peu !

Je réfléchis, donc. Un animal digne de figurer sur la couverture d'une encyclopédie... noir, qu'on pouvait trouver en Inde ?

– Une panthère ! criai-je presque.

– Bravo ! Tu vois, je t'avais dit qu'une nuit de sommeil t'aiderait ! Une panthère, c'est ça. Noire. Très jolie, si tu veux mon avis. Et bien sûr, elle m'a clairement rappelé notre manteau. Ça m'a confirmé le lien que j'avais fait lorsque j'ai vu l'étiquette indiquant New Delhi. Et j'en ai déduit une hypothèse qui pourrait être la solution.

– Tu penses que ce manteau est en panthère ?

– Pas n'importe quelle panthère. C'est ça qui est intéressant.

Je l'interrogeai du regard, mais n'eus aucune réponse concrète.

– Je dois voir si j'ai raison. J'ai examiné le manteau quatre heures durant, cette nuit, et je crois que c'est ce que je pense ; mais il y a encore beaucoup de choses à faire.

– Comme ?

– Deux coups de fil à passer, des archives à consulter, et un colis à demander. D'ailleurs, tu vas m'aider. Téléphone au concierge de notre immeuble, et demande-lui qu'il nous envoie le dossier n° 29 ici, à notre hôtel.

– Le dossier n° 29. Bien.

– Je me charge du reste.

– Et une fois que tout sera fait ?

– Quelques semaines d'ennui nous attendent. Délectable, tu ne trouves pas ?

Je ne comprenais plus grand-chose, mais fis ce qu'elle m'avait demandé sans broncher. Lorsque j'eus donné les instructions à notre concierge de New York, habitué aux extravagances de sa locataire, je raccrochai et tentai de comprendre ce que Lilith pouvait bien manigancer. J'avais beau me souvenir de presque tous ses mots, il me semblait que rien de stupéfiant ne m'avait échappé. Une fois de plus, mon amie gardait le mystère presque entier ; je me devais de rester dans l'ombre et d'attendre.

Lilith appela de Mordelles le soir même pour lui transmettre des détails que je n'eus pas le loisir d'entendre ; et ce fut tout. Mais les quelques semaines d'ennui furent moins longues que je ne l'avais craint. Nous occupâmes les dix jours qui suivirent à flâner dans la ville, choisissant chaque fois un itinéraire différent. Je finis par m'habituer à Rennes. On était loin de la folie ambiante qui régnait dans la Grosse Pomme, mais ce calme me plut et j'appris à en profiter. Nous fîmes de nombreuses virées dans les vieilles rues ; Lilith avait son mot à dire sur presque tout ce qu'elle croisait ; je n'hésitais pas à émettre mon avis et à engager un débat qui nous prenait parfois toute la journée. Il y avait les soirées où nous enchaînions les parties de cartes, les discussions sur des lectures récentes et les commentaires pointus sur les émissions que proposaient les chaînes de la télévision française. Je ne vis pas ces deux semaines passer. D'ailleurs, j'avais presque oublié ce pourquoi nous étions venus ici. Il s'agissait d'un séjour sans but, extrêmement agréable. Et je mis donc un temps à atterrir lorsqu'un soir, en rentrant à l'hôtel, la réceptionniste nous dit qu'un colis nous attendait.

– Parfait ! s'exclama Lilith.

Elle reçut le carton, plutôt petit, qui portait le tampon de la poste de New York. Nous montâmes à toutes jambes dans notre suite, l'Américaine était excitée comme une enfant venant de recevoir son cadeau de Noël. Dès que nous fûmes entrés, elle se laissa tomber à terre – avec une telle violence que je crus qu'elle avait vraiment trébuché – et entreprit de libérer le paquet de son Scotch. Ce fut fait en moins de deux, et Lilith en sortit un nombre conséquent de lettres, de photographies, de documents administratifs ou confidentiels, ainsi qu'une ou deux listes de numéros téléphoniques.

– C'est le dossier n° 29 ? demandai-je.

– Oui. Il a été ouvert il y a une dizaine d'années par le FBI. Il n'a jamais voulu me le confier, persuadé qu'il s'en sortirait seul ; mais le fait est là, même avec tous ces documents ils n'ont rien trouvé. Moi-même, j'ai souvent feuilleté ce dossier dans leurs archives, et avec leur autorisation plus ou moins enthousiaste, j'en ai même fait une copie pour l'avoir chez moi. Il s'est rempli au fil des ans, sans rien apporter de probant. Alors le temps passant, comme je n'avançais pas là-dessus, je me suis penchée sur d'autres cas. Lorsque j'ai reçu cet appel du duc, imagine ma joie ! J'étais sûre qu'il y avait un rapport. Et... tiens ! Celle-là, regarde !

Elle choisit une des photos dans le tas qui s'était élevé, et me la présenta. Il me suffit d'un coup d'œil pour comprendre.

– C'est la panthère qui a servi à confectionner le manteau.

L'une d'entre elles. Il y en avait trois, de la même portée. Toutes immenses. Et ce qui les rendait exceptionnelles, c'était leur pelage, plus long et plus soyeux qu'à l'accoutumée. Inutile de dire qu'elles étaient une cible de choix pour les braconniers.

Braconniers. Ce mot provoqua un « tilt » dans mon esprit. Je sentais venir la clé de l'énigme. Mais avant que j'aie eu le temps de prononcer ne serait-ce qu'un mot, Lilith s'était jetée sur le téléphone et invitait déjà notre client à venir. Je décidai donc de me taire, et de voir si mon idée était la bonne.

Le duc arriva très rapidement. Il était sans doute parti avec beaucoup de précipitation et avait enfilé son manteau sans le regarder ; en l'en débarrassant, je me rendis compte qu'il l'avait mis à l'envers et retins un rire. L'homme s'installa dans un fauteuil sur un signe de Lilith qui, par souci de courtoisie, avait elle-même daigné prendre place sur un divan. Elle l'accueillit de son plus beau sourire.

– Quelque chose à boire, monsieur ? Vous m'avez l'air essoufflé.

– C'est vrai, j'ai couru sur presque tout le chemin. Une tasse de thé ne serait pas de refus.

– Bien, ce sera fait.

Je m'occupai de commander les boissons. Durant ce court laps de temps, Lilith regarda droit devant elle, pensive ; de Mordelles, quant à lui, ne tenait pas en place. Il se tordait les mains, jetait des regards un peu partout, évitait celui de la détective. Je restai entre eux sans un mot, appuyé contre un mur, et quand les deux tasses arrivèrent accompagnées de confiseries diverses, je m'empressai de déposer le plateau sur la table basse entre le fauteuil et le divan. Aussitôt, l'ambiance se détendit. Lilith but tranquillement son café, et le duc sembla lui aussi se calmer. Il avala quelques gorgées d'Earl Grey et finit par poser la question qui lui brûlait certainement les lèvres.

– Alors mademoiselle Perry... Vous m'avez appelé pour me parler de cette affaire ?

– En effet.

– Vous avez trouvé ?

– Cela va dépendre de vous.

Lilith prit entre son pouce et son index un des macarons posés sur une assiette argentée, et en croqua un bout. Le duc tenta de comprendre, mais n'y arrivant pas, préféra attendre qu'elle reprenne.

– En quoi, pensez-vous ? Soyez rassuré, c'est très simple. Je vais vous montrer une photographie, et vous me direz si vous reconnaissez la personne qui y figure. Je ne vous mets aucune pression, je vous demande juste de bien regarder avant de vous prononcer.

– D'accord.

Elle sortit de sa poche un cliché qu'elle lui montra. Je le regardai également ; il s'agissait d'un homme de type indien, plutôt bien fait, au visage volontaire paré d'une énorme moustache noire. Notre client poussa un cri.

– C'est lui !

– Lui qui ?

– Harinder !

– Vous en êtes sûr ?

– Certain ! Il est plus jeune sur cette photo, mais je le reconnaîtrais entre mille ! Vous le connaissiez ?

– Ah ça... pour le connaître, je le connais.

Lilith avait prononcé cette phrase d'une voix triomphante. Elle avait gagné. Je souris et elle m'adressa un clin d'œil avant de reporter son regard sur le duc.

– Le vrai nom de cet homme n'est pas Harinder Abhra mais Âdi Amar. Il est bien connu de la pègre, et recherché par le FBI pour braconnage de rang mondial. Les prétendues expéditions géologiques n'avaient pour but que la capture d'animaux uniques ou en voie de disparition. Il les transformait en fourrures qu'il revendait ensuite à prix d'or au marché noir ; il s'est ainsi construit une fortune colossale. Il a toujours réussi à semer les autorités jusqu'à ce qu'il tente son plus gros coup, il y a quatre ans. À savoir une infiltration dans le parc national de Kaziranga. Il y a atteint ses cibles : trois panthères noires, célèbres pour leur taille et la qualité de leur pelage. Il s'agissait sans doute des plus beaux spécimens du pays. Ce fut une perte terrible pour le parc.

» Amar en a fait faire un manteau, qui s'est montré digne de son matériau, comme vous avez certainement pu le remarquer. Ce fait a été relaté dans le dossier n° 29 tenu par le FBI, et c'est à partir de là que j'ai fait le rapprochement. Un an après avoir réussi son coup d'éclat, Amar a profité de son argent pour acquérir une maison à Chamonix sous un faux nom. Il pensait prendre sa retraite. Mais les agents américains ont retrouvé sa piste, car ils avaient redoublé d'efforts pour leur enquête après l'affaire Kaziranga. Et le braconnier a paniqué quant il l'a appris.

» Il a donc cherché à s'enfuir rapidement. Et lorsque vous avez vu une hermine durant la soirée, il a eu cette idée d'hermine noire. À l'origine, il s'agissait d'un simple moyen pour pouvoir organiser sa fuite en prenant le prétexte d'une énième expédition. Il a réussi, certes, et a pu retourner en Inde sans encombre. Il y est resté pendant un an ; entre-temps, l'État français l'a porté mort : mais le FBI a encore retrouvé sa trace. Il avait pris soin d'entreposer ses fourrures dans un lieu tenu secret et on ne risquait pas de trouver de preuves en perquisitionnant son domicile... Sauf une : l'hermine noire, ou plutôt le manteau de panthère noire. En effet, de toute évidence, il ne pouvait résister à la tentation de s'en vêtir, et on peut le comprendre. En voyant ce qu'il risquait, néanmoins, il décida de se débarrasser de cet élément compromettant. Cette histoire d'hermine noire ne pouvait pas mieux tomber, n'est-ce pas ? Il a donc envoyé ce colis à son domicile de Chamonix, d'où des complices l'ont réexpédié à Rennes.

» Voilà pour cette affaire, monsieur de Mordelles. L'hermine noire n'a jamais existé. Un macaron ?

L'intéressé ne répondit pas. Il était abasourdi. Moi aussi, même si j'essayais de moins le montrer. En somme, la solution de l'énigme était plutôt simple. Mais que Lilith ait fait si vite le rapprochement entre une affaire en apparence grotesque et un dossier vieux de dix ans m'époustoufla. Elle avait soudé deux affaires sans suite avec un raisonnement imparable, pour n'en faire qu'une seule et... la résoudre.

Bien sûr, pour elle, cela avait été facile.

ÉPILOGUE

HARINDER ABHRA – OU PLUTÔT ÂDI AMAR – fut jugé dans la semaine. On l'avait arrêté deux ans auparavant, et le procès, qui avait traîné faute de preuves concrètes, fut gagné avec éclat par les parcs nationaux et autres associations de défense animale lorsque Lilith débarqua dans la salle d'audience avec le manteau noir dans les bras. Je publiai cette affaire dans le *New York Times*, et on en parla pendant des semaines.

Quelques jours après l'incarcération d'Amar, mon amie me passa un coup de fil et m'invita à venir d'urgence. Je quittai aussitôt mon bureau pour débarquer dans son duplex, et crus faire une syncope.

La bête noire avait à nouveau bondi. Son pelage soyeux et ses boutons de nacre… Elle était absolument vivante ! Elle faisait le tour du salon d'un pas majestueux, créature d'un autre monde… Elle se tournait et se retournait, plus splendide que jamais.

– Perry, ce manteau te va à ravir.

– Je sais. Les gagnants du procès ont tenu à me remercier. Et tu avais raison ! Ma poitrine n'a pas l'air trop grosse.

Remerciements

Nombreux sont ceux qui ont mis leurs compétences, leur énergie et leurs moyens au service du Prix et du livre.

Nous exprimons notre reconnaissance aux entreprises et aux institutions suivantes :

Accor, Clear Channel, Mediatransports, Orange, la SNCF et Veolia Environnement pour leur aide et leur contribution.

La Fondation d'entreprise La Poste pour son soutien à l'édition.

La mairie de Paris pour son accueil lors de la cérémonie de remise du Prix.

Toute notre gratitude aux médias qui nous ont gracieusement offert des encarts publicitaires.

Play Bac Presse, Éditis, l'imprimerie Floch, m87design, engagés à nos côtés dès l'origine.

Nous remercions tous ceux qui, au sein de ces entreprises et institutions, se sont personnellement impliqués en faveur du Prix Clara, et tout particulièrement Anne-Marie Bourgeois, François Floch et Alain Kouck.

Enfin cette liste ne serait pas complète si nous ne mentionnions les équipes de commerciaux et les libraires qui ont accueilli et défendu ce Prix avec générosité et conviction.

Comme dans chaque liste de remerciements, il y aura des oubliés. Par avance nous demandons à ceux-ci leur indulgence. Cette aventure étant collective, nous sommes certains que l'anonymat ne leur pèsera pas.

Le jury du Prix Clara,

présidé par Erik Orsenna et composé de Christine Albanel, Camilla Antonini, Gilles Cohen-Solal, François Dufour, Isabelle Lebret, Bernard Lehut, Florence Malraux, Héloïse d'Ormesson, Jorge Semprun, Bernard Spitz et Alexandre Wickham

et les Éditions Héloïse d'Ormesson

Comment participer au Prix Clara 2011

Pour concourir à la prochaine édition du Prix Clara, il faut être âgé de moins de dix-sept ans au 28 septembre 2011 et soumettre une nouvelle de cinq à soixante-dix pages (7500 à 105000 signes).

Votre texte, en langue française, doit être envoyé avant le 11 mai 2011 par voie postale ou par courriel avec une attestation sur l'honneur de l'avoir rédigé sans l'aide d'une tierce personne.

Le Prix Clara sera décerné au cours de l'automne 2011.

Le ou les lauréats verront leur œuvre publiée par les Éditions Héloïse d'Ormesson.

Le volume étant à vocation caritative, les bénéfices de sa vente seront versés à l'Association pour la recherche en cardiologie du fœtus à l'adulte de l'hôpital Necker-Enfants malades (Arcfa).

Pour participer, envoyez votre texte,
accompagné de l'attestation sur l'honneur,
par courrier à :
Éditions Héloïse d'Ormesson, 87 bd Saint-Michel, 75005 Paris,
ou par e-mail :
prixclara@editions-heloisedormesson.com

Pour faire vos dons

Clara souffrait d'une malformation cardiaque de naissance. Les jeunes qui en sont atteints vivent rarement plus de vingt ans. Il est possible de dépister cette malformation. Cependant, aucun élément ne permet d'être alerté, car l'enfant ne manifeste aucun signe annonciateur. Les médecins ne savent ni pourquoi, ni comment, ce type de malformation cardiaque, grave, se développe.

Deux mois avant la mort de Clara, un professeur de cardiologie pédiatrique de l'hôpital Necker-Enfants malades avait créé l'ARCFA : l'Association pour la recherche en cardiologie du fœtus à l'adulte.

Vous aussi, aidez-nous à soutenir ces recherches pour qu'un jour, des outils de diagnostic puissent exister et que ces enfants soient soignés.

Vous trouverez des informations sur les progrès du programme de recherche de l'association sur le site du Prix Clara : www.prixclara.fr

Vos dons, déductibles fiscalement, doivent être envoyés par chèque à l'ordre de l'ARCFA à l'adresse suivante :

Madame Descamps « Prix Clara »
ARCFA - Service de cardiologie pédiatrique
Hôpital Necker-Enfants malades
149, rue de Sèvres, 75743 Paris Cedex 15

Achevé d'imprimer
sur Roto-Page
par l'Imprimerie Floch
à Mayenne, en octobre 2010.
Dépôt légal : octobre 2010.
Numéro d'imprimeur : 77797.

Imprimé en France